Création graphique : Laurence Ningre

L'édition originale de ce livre a été publiée pour la première fois en 2015, en anglais, par Puffin Books, (The Penguin Group, London, England), sous le titre *The Chocolate Box Girls – Fortune Cookie*.

Copyright © 2015 par Cathy Cassidy
Tous droits réservés

Traduction française © 2015 Éditions NATHAN, SEJER,
25, avenue Pierre-de-Coubertin, 75013 Paris

Loi n° 49-956 du 16 juillet 1949 sur les publications destinées à la jeunesse, modifiée par la loi n° 2011-525 du 17 mai 2011.

ISBN : 978-2-09-255845-4
Dépôt légal : juillet 2015

Cœur cookie
Cathy Cassidy

Traduit de l'anglais par Anne Guitton

Nathan

La fuite

Le réveil de mon téléphone vibre à 4 heures du matin. Je repousse ma couette et me lève, déjà vêtu de mon jean et d'un tee-shirt. Mes petites sœurs ont l'air endormies dans le lit du bas – mais je fais sans doute un peu trop de bruit en descendant l'échelle, car Maisie ouvre les paupières. Je lui murmure à l'oreille :

– Chut, rendors-toi. Je vais juste aux toilettes.

Sauf qu'elle n'est pas idiote : je ne vais jamais aux toilettes au milieu de la nuit, surtout pas habillé et avec mon sac sur le dos. Des larmes lui montent aux yeux. Je résiste à l'envie de lui ébouriffer les cheveux en lui assurant que tout ira bien. Elle comprendrait qu'il s'agit d'un au revoir, et ça ne ferait que l'effrayer davantage.

– Chut, je répète. Ne dis rien à personne. Je t'appellerai, promis.

– Cookie, s'il te plaît, ne pars pas... souffle-t-elle.

Je pose un doigt sur mes lèvres et la borde avant de sortir de la chambre.

Dans le salon, maman est couchée sur le canapé, la couverture remontée sur la tête. L'appartement sent l'humidité, la lessive et l'encens. J'ouvre et referme la porte d'entrée aussi doucement que possible, avant de descendre l'escalier de l'immeuble qui résonne sous mes pas. Enfin, je me retrouve dehors dans le matin d'été. L'air est frais, et l'aube éclaire les rues d'une lumière rosée.

Je m'arrête le temps d'écrire quelques mots sur la vitrine du restaurant chinois du rez-de-chaussée, en grandes lettres de cinquante centimètres de haut, à l'aide d'un rouge à lèvres volé à ma mère. Elle ne va pas être contente, mais je serai déjà loin quand elle s'en apercevra.

Puis je vérifie que mon billet de train se trouve bien dans ma poche, et je m'éloigne sans me retourner.

1
Avant

Tanglewood House
Wood Lane
Kitnor
Somerset

Cher Jake,
On ne se connaît pas, et ce que j'ai à te dire va te paraître dingue, mais j'aimerais que tu lises cette lettre jusqu'au bout. Récemment, j'ai appris des choses choquantes au sujet de mon père, qui a pas mal d'argent et qui est parti s'installer en Australie. Voilà : il y a environ quatorze ans, il a eu une liaison avec ta mère… et tu es mon demi-frère. Génial, non ?
Je m'appelle Honey Tanberry et je vais bientôt fêter mon seizième anniversaire. J'ai trois sœurs – deux jumelles de quatorze ans, Skye et Summer, et Coco qui en a presque treize. Donc en fait, tu as quatre demi-sœurs. Il y a aussi Cherry, la fille de mon beau-père, mais comme vous n'avez

pas de lien de parenté, ça ne compte pas vraiment. Cette nouvelle va sûrement te faire un choc – je le sais, je suis passée par là. J'aimerais beaucoup te rencontrer et en apprendre davantage sur toi. La famille, c'est très important, surtout quand on a un père aussi décevant que le nôtre.

Je n'ai pas encore parlé de toi à mes sœurs, parce que je ne savais pas trop comment elles le prendraient. Et je ne pense pas non plus que ma mère soit au courant. Alors si tu as une idée lumineuse pour le leur annoncer, je suis preneuse!

J'espère recevoir bientôt de tes nouvelles!
Je t'embrasse,
Honey

Lorsque j'ai lu cette lettre qui était arrivée pour moi chez mamie, je n'y ai d'abord pas cru. Je me suis dit que ça devait être une arnaque, comme la fois où maman a reçu un e-mail racontant qu'un de ses cousins venait de mourir dans la jungle de Bornéo et que, si elle communiquait quelques informations, elle recevrait un héritage de 500 000 livres.

— C'est vrai? lui ai-je demandé ce jour-là.

— Non, Jake, c'est ce qu'on appelle un spam, m'a-t-elle répondu.

C'était il y a deux ans, et je n'avais jamais entendu ce mot bizarre désignant un message malveillant.

Maman m'a expliqué que des gens cherchaient à obtenir ses coordonnées bancaires pour lui voler ses économies.

– Je leur souhaite bonne chance, a-t-elle ajouté. Je dois avoir environ soixante-quinze cents sur mon compte épargne. S'ils les veulent, qu'ils se fassent plaisir.

Voilà pourquoi, quand j'ai ouvert la lettre de Honey, j'ai pensé être moi aussi victime d'un spam.

Quatre demi-sœurs, plus une autre fille qui n'a aucun lien avec moi, et un père nul émigré en Australie… Pour lui, j'étais au courant : maman m'a souvent raconté comment il a disparu dans la nature en apprenant que j'allais naître. Quant aux sœurs, j'en ai déjà deux et ça me suffit largement, merci. Maisie et Isla ont neuf et cinq ans, et elles sont insupportables.

Alors j'ai roulé la lettre en boule et je l'ai jetée à la poubelle.

La deuxième est arrivée quatre mois plus tard, débordante d'enthousiasme, comme si je n'avais pas ignoré la précédente. Cette Honey Tanberry n'a pas l'air du genre à baisser les bras. Elle m'a expliqué que sa famille vivait dans une vieille maison près de la mer, et que je pouvais passer quand je voulais.

« Fiche-moi la paix, lui ai-je répondu. Je ne te crois pas. En plus, j'ai déjà deux sœurs. Pourquoi est-ce qu'il m'en faudrait d'autres ? » Concis mais efficace :

ça me paraissait le meilleur moyen de me débarrasser d'elle. Je commençais à me demander ce qu'elle cherchait, et au fond, j'espérais vraiment que ce soit une arnaque.

Quelques mois plus tard, j'ai reçu une troisième lettre, accompagnée de photos. Je dois reconnaître que j'ai été surpris. Les filles me ressemblent beaucoup – ou plutôt, c'est moi qui leur ressemble. À part forcément la sœur d'adoption, qui a les yeux en amande et des cheveux noirs coiffés en petits chignons de personnage de manga. Mais les autres…

Elles sont aussi blondes que moi, et nous avons les mêmes yeux bleus et les mêmes traits fins. L'une a un regard rêveur, une autre un sourire malicieux, la troisième semble un peu triste et perdue, et la dernière a l'air d'un volcan sur le point d'exploser. Autant d'expressions que je vois souvent quand je me regarde dans le miroir fendu de la salle de bains.

Ces cinq jolies filles sont mes demi-sœurs – exactement comme Maisie et Isla, en fait. Leur père à elles, Rick, était maçon et vivait à Manchester. Plus jeune, je regrettais de ne pas être son fils, jusqu'à ce qu'il se mette à boire et se retrouve au chômage. Maman l'a quitté en jurant qu'elle ne se ferait plus jamais avoir par les hommes, car ils n'apportent que des ennuis.

– Sauf toi, Jake, s'est-elle reprise. Toi, tu es différent.

Je n'en étais pas si sûr. À l'école, j'avais très mauvaise

réputation ; je me moquais des professeurs, je ne respectais pas les règles, j'abîmais le mobilier… « Ce garçon est une catastrophe ambulante », a déclaré un professeur un jour, du même ton désespéré que maman quand elle parlait de Rick.

Lorsqu'elle a décidé de le quitter, il y a deux ans, elle a acheté des billets de train grâce à de l'argent envoyé par sa mère, et nous avons embarqué pour Londres avec nos affaires.

Une fois arrivés, nous avons visité la ville avant de nous rendre chez mamie. Maman disait qu'il fallait profiter de nos derniers moments de liberté. Nous avons admiré la Tour de Londres et Big Ben depuis un bus à impériale, mes petites sœurs ont agité la main en passant devant Buckingham Palace, et maman leur a juré qu'elle avait vu la Reine leur répondre depuis sa fenêtre.

On est descendus du bus près d'une immense arche rouge et vert marquant l'entrée de Chinatown. De l'autre côté, on se serait crus dans un autre monde. Les magasins vendaient des choses que je n'avais jamais vues : du poisson séché, des mules en soie, des statues de Bouddha et des chats porte-bonheur avec la patte levée.

– Choisissez un restaurant, nous a proposé maman.

Maisie et Isla ont désigné le plus proche, nommé

Le Dragon de Papier, dont la vitrine était décorée de marionnettes. On a choisi du porc au caramel, des nems et des nouilles sautées aux champignons – la même chose qu'à Manchester, quand Rick rapportait des plats chinois à la maison.

Malheureusement, on était mal tombés. Notre commande a mis une éternité à arriver et, autour de nous, les clients mécontents commençaient à grogner. Quelqu'un a demandé à voir le responsable.

Celui-ci a fini par apparaître, en nage, le visage rouge et un tablier noué par-dessus son costume.

– Ma serveuse vient de démissionner, s'est-il excusé en posant nos plats devant nous. Et la deuxième est malade. Je suis un peu débordé.

Les autres clients continuaient à râler, exigeant de savoir quand ils seraient servis.

– Je n'ai que deux mains ! a protesté le patron. Une minute !

C'est alors que maman s'est levée et a disparu dans la cuisine. Elle est revenue quelques instants plus tard avec plusieurs assiettes en équilibre sur son bras, qu'elle a distribuées gentiment aux hommes d'affaires renfrognés de la table d'à côté. J'ignore ce qu'elle leur a dit, mais quand elle est repartie, ils avaient retrouvé le sourire.

Maisie, Isla et moi avons mangé sans elle. Peu à peu, la mauvaise ambiance qui régnait dans la salle s'est envolée. Mes sœurs ont passé la soirée à faire du coloriage en engloutissant des litres de crème glacée, pendant que j'écoutais de la musique et contemplais le spectacle de la rue.

Cet endroit n'avait rien à voir avec le quartier trop calme où nous vivions à Manchester. Chinatown débordait de vie, de couleurs et d'animation. Tandis que la nuit tombait et que les rues s'illuminaient, tout me semblait possible. Des familles asiatiques allaient et venaient ; une bande de filles en robe de soirée est sortie d'une limousine et a disparu dans un restaurant ; un groupe de touristes a défilé devant moi, accompagné d'un guide qui brandissait son parapluie au-dessus de sa tête. L'un d'entre eux s'est arrêté pour prendre la vitrine du Dragon de Papier en photo. Isla lui a fait une grimace en riant.

Quand l'heure de la fermeture est arrivée, maman avait un nouveau travail. Le patron lui a même proposé un logement au-dessus du restaurant.

– C'est mon jour de chance, répétait-il. Alison Cooke, vous m'avez sauvé la vie !

Il nous a apporté quatre biscuits dorés en forme de croissant de lune.

– Ce sont des *fortune cookies*, nous a-t-il expliqué. Chacun contient une prédiction.

– Oh, comme ton surnom, Jake ! s'est exclamée Maisie.

C'est Rick qui, le premier, m'a appelé Cookie, et mes camarades d'école l'ont vite imité. Depuis, ce surnom me colle à la peau.

– Cool, je réponds.

Nous avons cassé les petits gâteaux pour découvrir nos messages.

– «Le plus dur est derrière vous», a lu maman.

– «Le temps est venu de vous faire des amis», a enchaîné Maisie.

– «Vive les nouveaux départs», disait celui d'Isla.

Le mien était beaucoup plus vague : «Votre vie va bientôt devenir intéressante.»

J'étais un peu déçu, car j'ignorais que cette prédiction finirait par se réaliser. Ce soir-là, nous avons dormi dans notre nouvel appartement, à même le sol, sous des couvertures d'emprunt. Le lendemain, maman a souscrit un prêt pour pouvoir régler le loyer et la caution à Mr Zhao, le propriétaire du restaurant. Elle a aussi acheté un canapé-lit d'occasion, des poufs, une table basse et des lits superposés. Maisie et Isla partageraient celui du bas et je prendrais celui du haut. Quant à elle, elle se contenterait du canapé.

– C'est temporaire, nous a-t-elle promis. Dès que j'aurai remboursé la banque et mis un peu d'argent de côté, on pourra s'offrir un peu plus de choses. En attendant, cela suffira.

Une semaine plus tard, nous avons enfin trouvé le

temps d'aller voir mamie à Bethnal Green, un quartier du nord de la ville. Maman était de service tous les midis et tous les soirs au restaurant. Peu après, Maisie, Isla et moi commencions l'école et notre nouvelle vie. On aurait dit que Manchester n'avait jamais existé.

L'appartement était humide et en mauvais état. La peinture se décollait des murs, et les lattes du parquet flottant grinçaient sous nos pieds. Mais au moins, il n'y avait plus de disputes, plus besoin de raser les murs de peur d'énerver Rick. Je gardais mes sœurs pendant que maman travaillait. Elle nous avait offert une télé et un lecteur DVD d'occasion ; et de temps en temps, mamie venait passer la soirée avec nous. J'ai appris à préparer des toasts au jambon, des toasts aux champignons et des toasts au fromage, que nous mangions avec les restes que maman rapportait du restaurant.

Nous avons briqué l'endroit du sol au plafond, passé une nouvelle couche de peinture pour cacher les taches de moisi, et recouvert le parquet du salon avec une chute de moquette. J'ai aussi installé quelques étagères. J'adorais notre quartier. Il était un peu fou, mais je m'y sentais bien.

C'est pour ça que, quand la première lettre de ma demi-sœur est arrivée, ça ne m'a fait ni chaud ni froid.

J'avais déjà une vie et une famille qui me convenaient parfaitement.

Pourtant, la seconde lettre a remué quelque chose en moi et piqué ma curiosité. Je ne savais quasiment rien de mon père.

Au troisième courrier, j'ai donc décidé de questionner maman. Cette fois, je n'allais pas me contenter de son histoire habituelle, à savoir qu'il était très jeune et que la perspective de ma naissance l'avait effrayé. Je voulais des détails.

– Pourquoi me demandes-tu ça maintenant ? s'est-elle étonnée, fatiguée après son service au restaurant.

– Pourquoi pas ?

– Il n'était pas fait pour être père, a-t-elle finalement reconnu. On est beaucoup mieux sans lui.

– Mais alors, c'était qui ? Vous vous étiez connus comment ?

Dans la lettre bien pliée au fond de ma poche, Honey prétendait que maman avait été stagiaire pour l'agence de son père, Greg Tanberry. Elle avait donc eu une liaison avec un homme marié. Si c'était vrai, je comprenais qu'elle soit restée évasive.

– On travaillait ensemble, a-t-elle avoué. C'était mon patron. J'ai cru que c'était sérieux entre nous, mais je me suis trompée. Franchement, Jake, je ne vois pas l'intérêt de remuer ces vieilles histoires !

– Comment s'appelait-il ?

Elle ne me l'avait jamais dit. Gênée, elle a essayé d'éluder la question, mais je lui ai rappelé qu'il s'agissait de mon père et que j'avais le droit de savoir.

– Greg, a-t-elle lâché. Greg Tanberry.

Honey ne m'avait donc pas menti sur ce point. Je me suis demandé si le reste était vrai.

«D'accord, tu es peut-être ma sœur, lui ai-je écrit ce jour-là. Mais crois-moi, tu n'as pas besoin d'un frère dans mon genre.»

Son courrier suivant contenait une invitation à Tanglewood et un billet de train valable un mois.

«Préviens-moi si tu viens, disait-elle. Je n'ai pas encore parlé de toi aux autres. Mais ils vont être fous de joie, j'en suis sûre!»

«Ne te fais pas trop d'illusions», ai-je répondu.

Une fois dans mon lit, j'ai épinglé le billet de train au mur à côté de la prédiction du fortune cookie: «Votre vie va bientôt devenir intéressante.»

Je ne me doutais pas de ce qui m'attendait.

2

Depuis, je tente de toutes mes forces d'oublier cette quatrième lettre. Bien sûr, je suis curieux d'en apprendre davantage sur mon père – c'est humain. Je me pose des tas de questions. Est-ce que je lui ressemble physiquement ? Est-ce qu'on a le même caractère ? Est-ce qu'il conduit une voiture de sport et vit dans le luxe ?

J'ai envie de croire que oui, ne serait-ce que pour égayer un peu mon quotidien. Avant les lettres, je ne pensais jamais à mon père. Et lui, pense-t-il parfois à moi ? S'il le fait, ça m'étonnerait qu'il m'imagine à quatre pattes dans une salle de bains aux murs moisis et au parquet grinçant. C'est pourtant là que je suis en ce moment, en train de laver mon jean préféré dans la baignoire.

La lessive n'est pas vraiment ma passion, mais notre machine est morte il y a six mois. Je n'ai pas de quoi aller à la laverie, et j'ai besoin de ce jean pour demain.

Avec mes copains Harry et Mitch, on a prévu d'assister au concert des Pingouins déjantés. Le grand frère de Harry fait partie du groupe ; il réussira peut-être à convaincre le videur de nous laisser entrer. Il paraît qu'il y aura plein de filles cool.

Je frotte le jean dans l'espoir de faire disparaître la sauce soja que je me suis renversée sur la jambe hier, au restaurant, en chargeant des assiettes sales dans le lave-vaisselle. Je travaille là-bas à temps partiel pendant les vacances. Mr Zhao est grincheux et ne me paie pas une fortune, mais c'est toujours mieux que rien.

Malheureusement, j'ai beau utiliser des litres de lessive liquide, je n'arrive qu'à atténuer un peu la tache. Pour ne pas gaspiller toute cette eau savonneuse, je vide ensuite le panier à linge sale dans la baignoire et fais tourner les vêtements sous la mousse.

– Cookie ! m'appelle Isla depuis le salon. Maisie est trop méchante !

– N'importe quoi ! se défend Maisie. C'est elle qui m'a pris mon livre de bibliothèque et ne veut pas me le rendre !

Évidemment. Mes sœurs choisissent toujours le moment où je suis coincé dans une autre pièce pour se déclarer la guerre – à croire qu'elles ont un sixième sens pour sentir que j'ai les bras dans l'eau jusqu'aux coudes. Tout à coup, un hurlement s'élève et Isla fond en larmes. Je pousse un gros soupir et abandonne ma lessive. Garder mes petites sœurs n'est pas de tout repos. Je comprends qu'elles en aient marre de tourner en rond dans l'appartement, mais je commence mon service dans trente minutes ; je n'ai plus le temps de les emmener se promener. Comme maman ne rentrera pas avant 19 heures, mamie va bientôt arriver pour me remplacer.

– Cookiiiiiie ! crie Maisie. Viens m'aider !

Dès que je franchis la porte du salon, Isla se jette à mon cou en sanglotant et Maisie me tend le pauvre roman maltraité. Des pages froissées jonchent le sol autour d'elle.

– Isla ! je gronde. Même si tu es fâchée, tu ne peux pas déchirer les livres, surtout quand ils ne sont pas à nous !

– Il est *nul* ! décrète-t-elle.

– Il est surtout fichu.

Je la repousse pour inspecter les dégâts.

– Ça te ferait plaisir si Maisie abîmait tes affaires ?

– Je la déteste !

– Moi aussi, je te déteste ! rétorque Maisie. Cookie, elle est insupportable ; je lisais tranquillement, et regarde ce qu'elle a fait !

– Je voulais juste qu'elle joue avec moi, pleurniche Isla.

Parfois, je me dis que je devrais devenir diplomate.

Ça ne doit pas être plus difficile que de maintenir la paix entre ces deux-là.

– Personne ne déteste personne. Allez, essuyez-moi ces larmes. Ça vous tente, des toasts au fromage ? Vous pourrez les manger devant le DVD de *La Reine des Neiges*. Isla, excuse-toi auprès de Maisie et ramasse ce papier, tu veux ?

Elle m'obéit en marmonnant. Je lisse une ou deux pages dans l'espoir de les réparer avec du Scotch, mais il en manque des morceaux. Le prochain lecteur de cet exemplaire de *Charlie et la Chocolaterie* aura intérêt d'avoir de l'imagination !

Je suis en train de préparer les toasts quand je reçois un message de mamie : il y a un problème sur sa ligne de métro, et elle aura une demi-heure de retard.

« Pas de souci », je réponds.

On m'attend au restaurant dans cinq minutes. Si je laisse les filles devant leur film, elles devraient se tenir tranquilles. Tout à coup, un cri de joie retentit dans la salle de bains. En allant se laver les mains, Isla a découvert la baignoire pleine de mousse et s'est empressée d'y plonger deux poupées.

– Qu'est-ce que c'est ? me demande Maisie.

– Je faisais la lessive. On n'a pas d'argent pour la laverie.

– C'est comme dans les dessins animés, s'amuse-t-elle. Il y a des bulles partout !

– Maisie, laisse Isla jouer un peu, et quand elle en aura marre, tu n'auras qu'à appuyer sur le bouton pour lancer *La Reine des Neiges*. Mamie ne va pas tarder, de toute façon.

– D'accord.

– Super. Il faut que je file. Tu vas t'en sortir ?

Isla se retourne et colle de la mousse sur le nez de sa sœur, qui éclate de rire. La guerre est officiellement terminée. Je m'éclipse discrètement pendant qu'elles transforment la salle de bains en piscine. Au moins, elles seront propres, et mamie n'aura plus qu'à essorer mon jean et à le mettre à sécher.

Je descends en courant l'escalier qui mène au Dragon de Papier. Dans la cuisine remplie de vapeur brûlante, Chang et Liu, les cuisiniers, jonglent avec les couteaux, les woks et les casseroles sans cesser de discuter.

Je leur fais un petit signe de la main, attrape mon tablier et jette un coup d'œil vers la salle, comme toujours bondée. Maman me sourit. Elle porte son uniforme de serveuse : une robe à col Mao en soie noire brodée de dragons dorés. Elle est en train de servir des desserts à l'une des grandes tables centrales. Depuis son arrivée, les choses ont bien changé au restaurant. Mr Zhao n'arrête pas de dire qu'elle lui porte bonheur – même si, ces derniers temps, je la trouve triste et fatiguée.

Il lui a fallu deux ans pour rembourser son prêt et régler toutes nos dettes, et on ne roule toujours pas sur l'or. La vie n'est pas facile pour elle.

– Allez, Cookie, me houspille Mr Zhao en entrant dans la cuisine pour récupérer deux bols de soupe aux raviolis. Arrête de rêvasser, mets-toi au travail !

Je remplis le lave-vaisselle, puis me tourne vers les immenses casseroles et les woks qui encombrent l'évier. Maman m'apporte une pile d'assiettes sales et s'apprête à repartir avec quatre portions de nouilles sautées.

– Jake, tu crois que tu pourrais me donner un coup de main ? Mr Zhao attend un coup de fil d'un fournisseur, et la table six a besoin d'être débarrassée.

– C'est comme si c'était fait !

Je lisse mon tablier et m'empare d'un plateau.

La six est la grande table circulaire dont maman s'occupait tout à l'heure. Les clients, heureux et détendus, discutent en buvant du thé au jasmin ou en terminant leurs verres de vin. Je commence à rassembler leurs assiettes avec un sourire crispé.

Mr Zhao n'aime pas que je sois en salle. Il me trouve trop jeune, trop inexpérimenté, trop timide. Il préfère que je reste en cuisine. En ce moment même, il me surveille depuis le comptoir, pendu au téléphone.

Alors que je me penche pour attraper une cuillère, une goutte de liquide atterrit sur la nappe. Bizarre.

Je l'essuie avec une serviette, mais une autre tombe juste devant mon nez.

– Qu'est-ce que c'est que ça ? demande l'un des clients.

– Je ne sais pas…

À la troisième goutte, nous levons la tête pour voir d'où vient la fuite.

Une grosse tache sombre se dessine au plafond. Il est horriblement bombé – un peu comme mon bras quand je me le suis cassé à l'âge de huit ans. Soudain, on dirait qu'il se met à vibrer. Autour de la table, tout le monde retient son souffle.

– Ça ne me paraît pas normal, commente l'un des hommes.

Sans blague…

Puis le plafond cède brusquement et un torrent d'eau tiède se déverse sur la table. Les gens reculent en criant, choqués. Des morceaux de plancher, de plâtre humide et des lambeaux de peinture jonchent la nappe, entre les couteaux, les fourchettes et les tasses renversées. Au bout d'un moment, la chute d'eau finit par se calmer et se réduit à un mince filet.

Mr Zhao reste bouche bée, le téléphone à la main. Maman contemple le carnage d'un air horrifié.

La dernière chose qui atterrit sur la table est un jean trempé sur lequel on distingue encore une tache de sauce soja.

Je voudrais mourir sur place.

3

Après quelques minutes d'un silence pesant, c'est l'explosion. Le visage cramoisi, Mr Zhao pousse un véritable rugissement.

— Qu'est-ce que tu as fait ? Mais enfin, QU'EST-CE QUE TU AS FAIT ?

Je ne suis pas sûr que cette question attende une réponse, mais je n'ai jamais su me taire.

— J'ai lavé mes affaires dans la baignoire parce qu'il y avait une tache sur mon jean…

— Tu as lavé tes affaires ? Dans la *baignoire* ? Tu ne pouvais pas utiliser une machine à laver ? Ou éteindre le robinet, au moins ? Tu es complètement stupide, ou quoi ?

Mes professeurs me disent toujours de tourner sept fois ma langue dans ma bouche avant de parler. Sous le coup de l'émotion, j'oublie encore une fois de suivre leur conseil.

— Du calme, monsieur Zhao. Le côté positif, c'est

que vous n'aurez pas besoin de nettoyer le sol.

Maman se cache le visage dans les mains, et je comprends soudain que l'heure n'est pas à la plaisanterie.

– Tu trouves ça drôle ? s'emporte Mr Zhao. À cause de tes bêtises, mon restaurant et ma vie sont fichus ! Débarrasse-moi le plancher avant que je te fasse passer l'envie de rigoler !

Je recule vers la porte, mais les clients en colère bouchent le passage.

– Comment osez-vous accuser cet enfant ? demande l'un d'eux. Votre plafond vient de s'effondrer ! J'ai bien envie de contacter les services de l'hygiène.

– Je vous enverrai la note du teinturier, prévient un autre. C'est une honte !

Mr Zhao se radoucit.

– Je suis absolument navré… Il va de soi que je me chargerai de vos frais de pressing, et je vous présente toutes mes excuses pour le dérangement occasionné. Votre prochain repas vous sera offert. J'espère vous revoir ici bientôt…

Tous les convives de la salle secouent la tête d'un air contrarié et prennent des photos de la scène avec leurs téléphones portables.

Maman s'avance d'un pas, blanche comme un linge.

– Monsieur Zhao, s'il vous plaît… commence-t-elle.

Son patron est trop en colère pour l'écouter.

— Laissez tomber, Alison, c'est trop tard. À la seconde où vous avez mis les pieds ici avec vos sales gamins, j'aurais dû me douter que vous ne m'apporteriez que des ennuis. Je suis ruiné ! Hors de ma vue !

Cette nuit, je ne parviens pas à trouver le sommeil. Je me repasse le film des événements jusqu'à en devenir fou. Pourquoi n'ai-je pas vidé la baignoire avant de partir ? Pourquoi n'ai-je pas attendu l'arrivée de mamie, quitte à être en retard ? Et pourquoi ai-je voulu laver ce fichu jean ?

En plus, Harry m'a téléphoné hier soir pour annuler le concert – son frère l'a prévenu que l'entrée était interdite aux mineurs. Et même avec des fausses cartes d'identité, personne ne nous donnerait dix-huit ans.

Maman et moi n'avons pas tardé à découvrir le fin mot de l'histoire : en attendant mamie, mes sœurs ont décidé de nettoyer la salle de bains. Alors que Maisie rinçait mon jean, une pièce est tombée de ma poche. Ravies, Isla et elle sont parties en oubliant de fermer les robinets pour acheter des gâteaux à l'épicerie du coin. Sur le chemin du retour, elles ont rencontré mamie, qui les a emmenées faire de la balançoire au parc. Elles ne sont rentrées que dix minutes après la catastrophe.

J'ai beau tourner le problème dans tous les sens, je suis le seul responsable. C'est moi qui ai rempli la baignoire, moi qui ai cru qu'un peu de mousse et un DVD suffiraient à occuper mes sœurs en l'absence de mamie, moi encore qui ai laissé traîner une pièce au fond de ma poche.

Maisie a seulement voulu m'aider. Je n'aurais pas dû la laisser seule avec Isla.

Je finis par m'endormir vers 5 heures du matin. Quand je refais surface, il est presque midi.

Entendant des voix dans le salon, je descends l'échelle et colle mon oreille à la porte. Mes sœurs se taquinent gentiment devant la télévision, mais ce n'est pas ce qui m'inquiète. Mr Zhao est là lui aussi. Il n'a pas l'air content.

— Vous ne pouvez plus utiliser la salle de bains, décrète-t-il. Non, non, non. J'ai bouché le trou avec une planche d'aggloméré, mais je ne peux pas garantir que ce soit assez solide. Tenez vos enfants à l'écart de cette pièce. Comme vous auriez dû le faire hier, d'ailleurs !

— Monsieur Zhao, nous nous sommes déjà excusés plusieurs fois. Que vous faut-il de plus ? Et comment voulez-vous que je les empêche d'entrer dans la salle de bains ? Il faut bien qu'ils se lavent !

Notre propriétaire marmonne dans sa barbe que ça ne devrait plus poser problème très longtemps. Apparemment, il ne nous a pas encore pardonné le tsunami d'hier. Il ajoute que le restaurant va fermer pour travaux et que nous ferions bien de partir le plus tôt possible.

Je me fige. Partir ? Comment ça ?

Je me plaque un peu plus contre la porte.

– Regardons les choses en face : cet appartement n'est plus en état d'être habité. C'est une ruine, un danger public !

Je serre les dents. Ruine ou pas, c'est chez nous.

– Laissez-moi quelques jours pour me retourner, répond maman. Dès que j'aurai expliqué ce qui se passe aux enfants, nous ferons nos cartons.

À travers une fissure, je distingue Mr Zhao planté devant elle, les bras croisés et le visage fermé. En même temps, ce n'est pas surprenant ; je ne l'ai quasiment jamais vu sourire.

– Bien sûr, bien sûr, grommelle-t-il. Je ne vais tout de même pas vous jeter à la rue.

– Nous déménagerons samedi prochain, promet maman. Désolée que ça se termine ainsi.

– Moi aussi. Moi aussi, Alison.

Je mords la manche de mon tee-shirt pour m'empêcher de lui hurler des insanités. J'ai déjà causé assez de problèmes. Je ne pensais pas que la situation pouvait encore empirer – mais comme d'habitude, je me trompais.

Je crois que cette fois, on a touché le fond.

4

Mr Zhao a tendu des bandes de ruban adhésif orange autour de la salle de bains. On dirait une scène de crime – et de son point de vue, c'est sans doute ce qu'elle est. Après une rapide toilette au lavabo, j'enfile un tee-shirt et le pantalon de jogging que je portais hier. La moquette du salon est humide sous mes pieds nus. Je me dirige vers la cuisine pour me servir un bol de corn-flakes.

Avec le chauffage réglé à fond, on se croirait dans un sauna. Toutes les fenêtres sont ouvertes, et mes sœurs regardent la télévision en maillot de bain.

Maman se prépare une tasse de thé, l'air fatigué et les yeux cernés.

– Alors comme ça, on déménage ? je lui lance.

– Les murs ont des oreilles, à ce que je vois… Je comptais vous l'annoncer bientôt. Tu pourrais attendre encore un peu avant d'en parler aux filles ?

Celles-ci ont abandonné la télé pour jouer aux

naufragés avec leurs poupées. J'ai mal au cœur en pensant à ce qu'elles vont devoir endurer à cause de moi.

– Qu'est-ce qui va se passer ? je demande. On va vivre chez mamie ? Chercher un autre appartement ? Ou nous installer dans un hôtel miteux ?

Maman lève les yeux au ciel.

– Rien de tout cela, Jake. En fait, j'ai rencontré quelqu'un. Un homme adorable avec qui je voudrais refaire ma vie. Nous allons emménager chez lui.

Je manque de m'étrangler avec mes céréales.

Maman me montre des photos de son copain sur son téléphone. Mince et bronzé, il porte une grosse barbe, de longues dreadlocks ramassées en queue de cheval et un tee-shirt « Tibet libre ». Comme si un tee-shirt pouvait changer quelque chose !

– Mais maman, il est trop bizarre !

– Pas du tout. Il est doux, gentil et assez ouvert d'esprit pour entamer une relation avec une mère de trois enfants. Ce n'est pas rien.

Je jette un coup d'œil vers le salon où Isla et Maisie sont en train de sortir une plante de son pot pour y enterrer une poupée. Ce hippie n'a pas la moindre idée de ce qui l'attend.

– C'est un ami du frère de Lou Parker, m'explique maman.

Lou est une de ses plus vieilles copines. Elle a les cheveux roses et des tas de piercings.

– On s'était déjà rencontrés lors d'une fête il y a des années. Et le mois dernier, quand je suis allée faire mon stage de réflexologie, je suis tombée sur lui. Il donnait des cours de tai-chi. Qu'est-ce que tu veux, c'est le destin !

Le destin, tu parles. Une mauvaise blague, oui ! Mais pour une fois, je garde ma réflexion pour moi. Maman croit beaucoup au destin, ainsi qu'aux prédictions des fortune cookies, aux horoscopes, au yoga et à la médecine par les plantes. Lorsque j'ai eu des poux à l'âge de huit ans, elle m'a badigeonné la tête d'huile essentielle d'arbre à thé. Ça sentait tellement fort que personne n'a voulu s'asseoir à côté de moi avant des semaines. Pas étonnant que les poux se soient tenus à l'écart.

– Il s'appelle comment, ce sale type ?

– Ce n'est pas un sale type, Jake ! Il s'appelle Pete Shedden, mais tout le monde le surnomme Sheddie. Il est formidable ; je suis sûre que tu vas l'adorer.

– Sheddie ? Sérieux ? Ce n'est même pas un nom !

– C'est un surnom, comme je viens de te le dire. Laisse-lui au moins une chance !

Je ne suis pas du tout convaincu par ce barbu au nom ridicule. On dirait une marque de bonbons ou de croquettes pour chiens. Et puis, je n'ai pas envie de déménager encore une fois. Depuis que je suis né, on n'est jamais restés quelque part plus de deux ans.

Même quand on vivait avec Rick, on bougeait sans arrêt parce qu'il n'arrêtait pas de se faire renvoyer.

Voici la liste de tous les endroits où j'ai habité jusqu'ici : chez mamie à Bethnal Green, lorsque j'étais tout bébé ; dans un meublé quelques rues plus loin à l'époque où maman et elle étaient fâchées ; dans un tas d'appartements différents avec Rick à Manchester ; et enfin dans ce minuscule trou à rats au-dessus du Dragon de Papier.

Je n'ai aucune intention de faire mes valises pour aller jouer les familles recomposées avec un type que je n'ai jamais vu. Cette histoire va mal finir, c'est couru d'avance.

Attirées par le bruit de nos voix et l'atmosphère électrique, mes sœurs nous rejoignent dans la cuisine. Quand Maman leur propose de s'asseoir avec elle sur le canapé, elles me jettent des regards inquiets.

— Est-ce qu'on va déménager ? demande Isla.

— Eh bien, vu l'état de l'appartement, on ne peut pas vraiment rester ici, répond maman d'un ton léger. Alors oui, je pense que ce serait la meilleure solution. Nous allons vivre un peu plus au nord, dans une ville qui s'appelle Millford. Une grande maison avec un immense jardin nous y attend, et il y a un parc juste à côté !

La tristesse et la colère se disputent en moi. Maman a déjà tout prévu sans se soucier de notre avis.

– Est-ce qu'on aura chacun notre chambre ? l'interroge Maisie.

– Je ne sais pas encore si on dormira dans la maison, avoue maman. Sans doute pas au début.

– Hein ? Mais on va dormir où, alors ? je m'offusque. Dans une tente au fond du jardin ?

– Pas une tente, une yourte, marmonne maman d'un air gêné.

J'éclate de rire, parce que je n'arrive pas à croire ce que j'entends. Et puis je me souviens qu'on va être expulsés à cause de moi, et mon rire s'étrangle dans ma gorge.

– On part pour les vacances ? intervient Isla. Moi, je préférerais aller sur la Costa del Sol comme ma copine Evie à Pâques. Elle a dormi dans un grand hôtel avec une piscine et elle a ramené un âne en peluche. Ça me plairait beaucoup plus que le camping…

– Non, la corrige Maisie, on va vivre là-bas pour de bon. Pas vrai, maman ? Dis, on pourra en profiter pour prendre un chien ? J'ai toujours rêvé d'avoir un labrador.

– On verra. En tout cas, il y a déjà des poules, et Sheddie a planté un grand potager. On sera presque autonomes.

– Des poules ? répète Maisie.

– Un potager ? fait Isla.

Après deux ans passés au-dessus du Dragon de Papier, à manger des restes de porc aigre-doux et de riz cantonais, elles doivent avoir du mal à imaginer qu'on puisse faire pousser ses propres légumes.

Puis Isla fronce les sourcils.

– C'est qui, Sheddie ?

Maman rougit, avant de leur expliquer que c'est un gentil éducateur et professeur de tai-chi qui fait aussi de la sculpture sur bois.

– Oui, mais c'est qui ? insiste ma plus jeune sœur. Ton nouvel amoureux ?

– En effet, admet maman. Je suis sûre qu'il vous plaira ! Il va venir passer quelques jours à la maison, pour que vous fassiez connaissance, et nous repartirons tous ensemble pour Millford !

Ce n'est pas un vent de romance qui souffle sur notre famille, mais une véritable tornade. Maman n'a pas perdu de temps. Pourtant, je suis convaincu que sans les menaces d'expulsion, elle n'aurait jamais emménagé avec ce type aussi vite. Quant à moi, entre un appartement inondé et une vie de hippie, je ne sais pas ce que je redoute le plus.

– On part samedi prochain, c'est ça ? je demande.

– Oui, dès qu'on aura fait nos cartons. Au fond, c'est une bonne chose, Jake. Essaie de comprendre !

Mais je ne comprends plus rien, justement. Je bous intérieurement. Si je n'avais pas fait n'importe quoi, nous ne nous retrouverions pas à la rue. Pourquoi faut-il toujours que je gâche tout ?

Je cours m'enfermer dans la chambre en claquant la porte derrière moi. Elle manque de sortir de ses gonds, mais je m'en fiche – de toute façon, cet appartement tombe déjà en miettes. Les épaules couvertes de poussière de plâtre, je me réfugie dans mon lit, le seul coin où je peux avoir un peu d'intimité. Je n'ose pas imaginer ce que ce sera sous la yourte…

À plat ventre sur le matelas, je cligne des yeux pour refouler mes larmes et serre les poings si fort que mes ongles me rentrent dans la peau. Pourquoi le sort s'acharne-t-il toujours sur les mêmes ? C'est l'histoire de ma vie. À l'école, Harry et Mitch sont les plus dissipés, mais c'est toujours moi qui suis puni. J'ai le chic pour me trouver au mauvais endroit au mauvais moment. Et surtout, je suis incapable de me taire. Je n'ai décidément pas de quoi être fier.

Mes défauts ont fini par se retourner contre moi, et c'est maman et mes sœurs qui en paient le prix. Si seulement j'avais de quoi rembourser les dégâts que j'ai causés… Mr Zhao accepterait peut-être que nous restions. La culpabilité me tord le ventre. Fou de rage, je donne un grand coup de poing dans le mur.

Cette fois, ce n'est pas du plâtre qui en tombe mais le billet de train pour le Somerset et la prédiction du fortune cookie.

« Votre vie va bientôt devenir intéressante. »

Si ça ce n'est pas un signe du destin…

5

Et voilà que je me retrouve à arpenter les rues de Londres à 4 heures un samedi matin, aussi accablé que si je portais le poids du monde sur mes épaules, avec pour seul espoir la lettre d'une fille qui prétend être ma demi-sœur. Je me sens tellement coupable que je ferais n'importe quoi pour réparer mes bêtises. Pour le moment, je ne sais pas encore exactement comment m'y prendre, mais ça viendra.

J'ai emporté des sandwichs au fromage, un paquet de chips, des sous-vêtements et un tee-shirt de rechange dans mon sac à dos. Et dans la poche de mon jean préféré, toujours taché, j'ai glissé le billet de train, la prédiction du fortune cookie et la somme mirobolante de 9,52 livres – toutes mes économies.

Il est temps de me jeter à l'eau.

Comme le métro n'a pas encore commencé à fonctionner, je me dirige vers un arrêt de bus. Je croise des sans-abri endormis sous des porches, roulés dans leurs sacs de couchage sous des couvertures de survie. Les battements de mon cœur s'accélèrent ; il faut vite que je trouve une solution à nos problèmes, sinon nous risquons de connaître le même sort qu'eux.

Les trains à destination d'Exeter partent de la gare de Waterloo. Je traverse donc la Tamise, illuminée par le soleil levant. Une fois de l'autre côté, je découvre que le service ne débute qu'à 9 heures. Après avoir acheté un chocolat chaud dans un stand qui vient d'ouvrir, je m'assieds dans un coin pour réfléchir.

On pourrait croire que j'abandonne le navire, mais c'est tout le contraire. Je me suis donné une semaine pour trouver un moyen de sauver ma famille. Je ne suis pas un fugitif, mais un agent en mission.

Ce que j'ai écrit sur la vitrine du Dragon de Papier était un message d'excuse. Maman, Isla et Maisie n'ont pas à payer pour mes erreurs. Sans moi, elles vont pouvoir reprendre une vie normale. Peut-être que maman ne se sentira plus obligée d'emménager avec son Sheddie.

Je ne suis pas idiot ; je me doute que mes excuses ne suffiront pas. Mais j'ai un plan, un plan complètement fou qui vaut la peine d'être tenté. Je vais retrouver mon père. Pas parce qu'il a laissé un vide dans mon existence ni parce que j'ai besoin de le voir, d'entendre sa version de l'histoire ou de lui prouver que je m'en suis sorti sans lui.

Non, mes motivations sont beaucoup plus terre à terre : je compte lui demander de l'argent.

Après tout, il me doit bien ça ! Il ne m'a pas vu grandir, ne m'a jamais rendu visite ; je n'ai jamais reçu la moindre carte ni le moindre coup de fil de sa part. Si j'étais à l'hôpital en train de mourir d'une maladie grave, il ne le saurait même pas. Je pourrais aussi être un délinquant ou un criminel en puissance – d'ailleurs, mes professeurs m'accusent parfois d'en prendre le chemin. Enfin, oublions ça ; c'est un peu trop proche de la vérité.

Ce que je veux dire, c'est qu'il ne m'a jamais rien donné depuis que je suis né. Il n'a pas versé de pension à maman – sinon on n'aurait pas été aussi pauvres, et elle n'aurait pas eu besoin de travailler la nuit au supermarché de Manchester ou de s'épuiser à la tâche sept jours sur sept au Dragon de Papier. Si mon père avait mis la main à la poche, on aurait pu se permettre de faire réparer la machine à laver, ou au minimum d'aller à la laverie. Je n'aurais pas dû laver mon jean préféré dans la baignoire. D'ailleurs, puisqu'on parle de ça, autant être honnête : quand je dis « jean préféré », ça signifie surtout que je n'en ai pas d'autre.

Je ne me fais aucune illusion : mon père n'est pas quelqu'un de bien. Mais d'après Honey, il a de l'argent.

Alors je vais lui demander de payer les réparations

du restaurant et de l'appartement. Comme ça, M. Zhao ne sera pas ruiné, et il ne nous mettra pas à la porte. Si ça se trouve, mon père nous aidera même à dénicher un appartement sans taches de moisi sur les murs.

J'espère que mes demi-sœurs me soutiendront et m'expliqueront comment le contacter. Ce n'est peut-être pas l'idée du siècle, mais c'est mieux que rien.

En attendant, j'aurai un endroit où loger, et ce sera l'occasion de faire leur connaissance. Je dois reconnaître que je suis curieux. Est-ce que j'aurai d'autres points communs avec ces quatre filles qui partagent mon ADN et ma couleur de cheveux ? Vont-elles me comprendre, m'apprécier et ne pas voir en moi qu'une « catastrophe ambulante » ? On peut toujours rêver.

Il est bientôt l'heure d'embarquer à bord de mon train. Tandis qu'il file hors de la ville, je déguste mes sandwichs en me réjouissant d'avoir échappé pour un temps au propriétaire grincheux et au hippie à dreadlocks.

La liberté a quelque chose de grisant.

Je sors mon portable pour envoyer un texto à Maisie. C'est un appareil premier prix que je me suis offert avec ce que j'ai gagné pendant les vacances de Pâques. Quant à celui de ma sœur, il appartenait à mamie avant qu'elle nous le donne pour les cas d'urgence – et aujourd'hui, je crois que c'en est un.

Ça va ? Ne montre ce message à personne et préviens-moi quand tu es seule, je t'appellerai.

Sa réponse arrive quelques minutes plus tard.

Tu peux essayer maintenant ? Je me suis enfermée dans la salle de bains, avec les robinets ouverts.

Là, je panique un peu. Dès qu'elle décroche, je lui demande :

— Comment ça, avec les robinets ouverts ? Fais attention, Maisie !

— C'est pour que maman pense que je suis en train de me laver ! Je n'ai pas l'intention de provoquer une nouvelle inondation. Tu me prends pour une idiote, ou quoi ?

— Mais non ! Je voulais juste vérifier que tout allait bien. Bon, tu es sûre que personne ne t'entend ?

— Sûre. Maman passe l'aspirateur et Isla regarde la télé.

— OK. Ne dis à personne que je t'ai appelée ni que tu m'as vu partir. Promis, Maisie ? C'est très, très important.

— Promis, répond-elle d'une petite voix. Tu es parti pour toujours, Cookie ?

— Mais non ! Je cherche seulement un moyen d'arranger les choses pour éviter qu'on aille vivre avec le nouveau copain de maman. On pourra rester chez nous, et la salle de bains sera refaite à neuf. Ou alors, on se trouvera un nouvel appartement, avec une chambre chacun. Je reviendrai dès que ce sera réglé. En attendant, il va falloir que tu me couvres, d'accord ?

— J'ai déjà commencé. Mr Zhao est venu frapper à la porte tout à l'heure pour dire à maman que tu avais tagué la vitrine du restaurant. Elle n'a pas apprécié que tu lui aies piqué son rouge à lèvres neuf.

— Ça me semblait plus facile à nettoyer que de la peinture. Je voulais que Mr Zhao sache que j'étais désolé !

— Je crois qu'il a compris, comme tous les habitants de la rue ! En tout cas, maman était très en colère. Quand elle est venue te chercher dans la chambre, je lui ai raconté que tu étais chez Harry.

— Merci, Maisie. Bien joué.

— Tu vas rentrer quand ? Ce soir ? Il faut que tu te dépêches. Sheddie doit arriver demain, et maman n'arrête pas de parler de sa yourte.

Le train prend de la vitesse, et mon téléphone a du mal trouver le réseau.

— Non, Maisie, je ne rentrerai pas aujourd'hui. Il va me falloir un peu de temps. Mais ne t'inquiète pas pour le hippie, je m'en occupe. Promets-moi juste de garder le secret. Et n'oublie pas de fermer les robinets !

Puis la communication est coupée. J'espère qu'elle

a reçu le message. Je pousse un gros soupir. Décidément, je rate tout ce que je fais ; même mes excuses ont été prises pour des graffitis. Heureusement que Maisie a assuré. Grâce à elle, maman pense que je suis chez Harry. Elle doit supposer que je me cache là-bas pour éviter de rencontrer son copain. C'est sans doute ce que j'aurais fait sans ce billet de train providentiel.

Dès que le réseau le permet, j'envoie des textos à Harry et à Mitch pour leur expliquer la situation, et un à maman disant que je vais rester quelques jours chez Harry, le temps que Mr Zhao se calme.

Ne t'inquiète pas. Je serai de retour en fin de semaine, et peut-être que ça ira mieux d'ici là. Désolé de te causer autant de soucis. Bisous. Jake.

Puis je range mon portable et regarde le paysage défiler derrière la fenêtre. J'espère vraiment que tout se passera bien.

Quoi qu'il en soit, je n'ai pas l'intention de rester assis dans un coin pendant que les catastrophes s'enchaînent. Il est temps de reprendre mon destin en main.

Je n'ai qu'à me dire que c'est une aventure : je suis un super-héros adolescent en quête de justice, d'un plafond neuf et d'un sol de salle de bains.

Ça ne me semble pas trop demander.

6

*L*e train met une éternité à atteindre Exeter. Une fois là-bas, je m'aperçois qu'il me reste encore deux bus à prendre. Je parviens à me faufiler derrière un groupe d'élèves, puis à me mêler à une famille de touristes. Mais je commence à perdre courage. Finalement, la yourte de Sheddie vaudrait peut-être mieux que la campagne du Somerset. À travers la vitre, je vois défiler des kilomètres de prairies au milieu desquels se dressent de temps à autre quelques villages isolés, comme pour rompre un peu la monotonie du paysage – sans succès.

Pas étonnant que ma mystérieuse demi-sœur ait décidé de retrouver ma trace; elle doit s'ennuyer à mourir dans ce trou perdu. Enfin, je descends du bus à Kitnor et je demande à une dame comment me rendre à Tanglewood.

Elle me dessine une carte sommaire au dos d'une enveloppe. Tout en longeant la route qu'elle m'a indiquée, je prie pour que ce voyage ne soit pas une énorme erreur. Après tout, rien ne me prouve que Honey soit bien celle qu'elle prétend être. Puis je repense aux photos des quatre filles blondes, et je suis un peu rassuré.

Je ne dois pas oublier que cette aventure doit me permettre de découvrir la vérité au sujet de mon père. C'est ma seule chance de sauver maman et mes sœurs, et je n'ai que sept jours pour réussir. Ce n'est pas le moment de me dégonfler.

D'un autre côté, je ne vais pas vous mentir : lorsque je m'avance dans l'allée de gravier menant à la grande maison des Tanberry, je tremble comme une feuille. Il y a du monde : pas moins de cinq voitures et deux fourgons sont garés devant l'entrée. En jetant un coup d'œil à travers la fenêtre de derrière, je distingue une foule de gens à l'intérieur.

J'arrive peut-être au beau milieu d'une fête ?

Je rassemble mon courage, m'approche de la porte et frappe trois fois.

Un jeune homme à lunettes vient m'ouvrir. Il est équipé d'un énorme micro poilu comme on en voit parfois à la télévision. C'est un peu intimidant.

Je vérifie mon plan, craignant de m'être égaré. Pourtant, j'ai suivi les indications de la dame, et il y avait un panneau « Tanglewood » au bout de l'allée.

Où est-ce que je suis tombé ?

— Oh, te voilà ! s'exclame le jeune homme comme s'il m'attendait. Tu as une heure d'avance. Où est ta guitare ?

— Quelle guitare ?

— Très drôle. Tu peux retourner chez toi la chercher ?

— Aucune chance.

Je ne sais pas pour qui il me prend, mais je n'ai jamais eu de guitare. Ni aucun instrument, d'ailleurs. Je n'ai pas l'oreille musicale.

— Ah, les gosses ! grommelle le type. Je te rappelle que tu vas passer à la télé ! C'est peut-être ta chance de devenir célèbre, et toi, tu t'en fiches. Enfin, entre. Tu pourras donner un coup de main pour la scène de l'emballage. Suis le mouvement et reste naturel.

Suivre le mouvement ? Rester naturel ? Résistant à l'envie de m'enfuir en courant, j'entre dans la cuisine d'un pas aussi nonchalant que possible.

J'ai l'impression de débarquer dans un asile de fous.

Il y a des caméras, des micros, des haut-parleurs et des projecteurs aveuglants dans tous les coins. D'immenses parapluies blanc et argent sont disposés à des endroits stratégiques afin de refléter la lumière, et des tas de techniciens s'occupent de régler les objectifs et le son.

Au milieu de ce bazar, une famille est rassemblée autour d'une table couverte de boîtes enrubannées, à côté de laquelle est posée une grande caisse en bois. Je reconnais tout de suite ma correspondante. Elle est encore plus jolie que sur la photo, bien qu'elle ait l'air contrariée. Je repère aussi les jumelles, ainsi que leur demi-sœur brune. Quant à la plus jeune, elle est en train de grimacer parce qu'une maquilleuse essaie de lui mettre de la poudre sur le visage.

Une femme blonde et un homme brun – leurs parents sans doute – semblent attendre les instructions de l'équipe.

Bizarre.

Le côté positif, c'est qu'il y a tellement de gens dans cette cuisine que mon arrivée est passée inaperçue.

– Bien, on va reprendre depuis le début, annonce une femme armée d'un bloc-notes.

Ça doit être elle qui dirige, car tout le monde se tait.

– Paddy, Charlotte, je voudrais que vous expliquiez aux filles que vous avez reçu une nouvelle commande et que vous avez besoin de leur aide pour emballer les chocolats. OK ?

– OK ! répondent-ils en chœur.

– Alors on y va. Ça tourne. Faites comme si nous n'étions pas là ; nous allons filmer un seul plan-séquence, qui sera recoupé au montage. Ne vous inquiétez pas si vous vous trompez. Le but, c'est d'obtenir une ambiance détendue, avec des images prises sur le vif. Action !

– Et le garçon ? intervient le type qui m'a ouvert la porte. Vous ne voulez pas qu'il rejoigne les autres ?

– Quel garçon ? demande la femme au bloc-notes.

Son collègue me désigne du doigt.

– Celui qui a oublié d'apporter sa guitare. Comment tu t'appelles, déjà ?

– Je ne vous l'ai pas dit.

Tous les regards se braquent sur moi. Fini l'anonymat.

– On ne se connaît pas, si ? m'interroge poliment l'homme brun debout près de la table.

Je lui décoche un sourire crispé.

– Non, je ne crois pas…

La femme blonde me dévisage, perplexe, les bras chargés de boîtes multicolores.

– Qui es-tu ?

J'ouvre la bouche, puis la referme sans rien dire. Je viens de me rappeler un passage d'une des lettres.

« Je n'ai pas encore parlé de toi aux autres, mais ils vont être fous de joie. »

Honey ne les a pas prévenus !

Qu'est-ce qui m'a pris de débarquer comme ça ? Dans ma tête, c'était pourtant très simple : j'allais chez eux, je récupérais les coordonnées de mon père, et je repartais avec assez d'argent pour régler tous mes problèmes. J'aurais dû me douter que ça se passerait autrement. Avec moi, rien n'est jamais simple.

J'ai toujours du mal à m'habituer à l'idée d'avoir des demi-sœurs, et à part Honey, aucune n'est donc au courant de mon existence. Je pourrais tenter de leur expliquer, mais je n'ai pas franchement envie de le faire devant une équipe de télé.

J'observe les filles assises autour de la table. Leurs visages sont durs ; leurs sourcils froncés. Puis mes yeux se posent sur Honey, qui me contemple, ébahie.

– Jake ? souffle-t-elle. C'est bien toi ?

Je jette mon ticket de train sur la table.

– Je passais dans le coin et j'ai voulu en profiter pour te saluer. Mais je vois que je tombe mal…

Je recule d'un pas et me cogne dans l'évier. Des techniciens me bouchent la sortie. Impossible d'échapper à Honey, qui se précipite vers moi.

– Oh là là là là ! Jake ! Je n'arrive pas à y croire !

Elle se jette à mon cou. Je commence à paniquer, surtout que l'un des cadreurs filme toute la scène. Verra-t-on à l'écran que je suis terrifié ? Honey s'écarte enfin pour me regarder.

– C'est qui ? intervient la plus jeune de ses sœurs. Je suis perdue !

– Nous aussi, renchérit une autre. Honey, tu veux bien nous expliquer ?

– Oui, Honey, que se passe-t-il ? l'interroge la femme blonde.

Honey se tourne vers sa famille.

– Vous n'allez pas en croire vos oreilles. Je vous présente Jake Cooke. J'ai découvert son existence quand j'étais chez papa à Sydney. Il a quatorze ans – un peu plus que Coco et un peu moins que les jumelles. Ce nom ne te rappelle rien, maman ? Cooke ?

– Non, je ne vois pas, répond la femme.

Mais je détecte un léger tremblement dans sa voix, et elle me regarde avec insistance, comme si j'étais une énigme qu'elle cherchait à élucider. Je n'ose pas imaginer ce qu'elle pense en cet instant.

– Je n'étais pas censée tomber sur ces informations, reprend Honey. Mais c'est arrivé, et j'ai préféré commencer par entrer en contact avec lui. Si je ne vous ai rien dit, c'est parce que je ne savais pas comment m'y prendre. Je ne voulais pas te faire de peine, maman. Et je ne m'attendais pas une seconde à ce que Jake débarque sans prévenir !

Si seulement elle ne m'avait jamais envoyé ce billet de train…

Honey passe son bras sous le mien avant de conclure :

– Ça va vous faire un choc, mais autant crever l'abcès tout de suite. Jake est… oh, vas-y, dis-leur !

J'ai la gorge tellement sèche que je ne suis pas sûr de pouvoir prononcer un mot. Un perchiste tend son micro au-dessus de moi pendant que Honey me pousse du coude.

Alors je me lance.

– Je m'appelle Jake, et je crois que je suis le demi-frère de Honey.

Autour de la table, un mélange de stupéfaction et d'horreur se peint sur les visages. Je continue :

– Donc je suis sans doute votre demi-frère à vous aussi. Le monde est petit, hein !

– Papa a eu une aventure, ajoute Honey. Il y a des années de ça, quand on était petites. Et Jake est né de cette liaison. Je l'ai découvert, je lui ai écrit, et maintenant le voilà. Il fait partie de la famille, non ?

La femme aux cheveux blonds laisse tomber les boîtes de chocolats qu'elle avait dans les bras et s'écroule sur une chaise, blanche comme un linge.

– Coupez ! lance la réalisatrice. Coupez, arrêtez tout. Qu'est-ce que c'est que cette histoire ?

Personne ne répond. Le type aux lunettes hausse les sourcils avec un sourire en coin.

– Hum, se réjouit-il. Je crois qu'on tient une pépite…

7

Après, c'est un peu la folie. Toutes les sœurs parlent en même temps, et elles ont l'air plutôt fâchées ; Charlotte, leur mère, est en larmes ; et l'homme brun supplie l'équipe de respecter leur intimité.

— Nous avons pas mal de choses à régler. Cette histoire ne concerne que notre famille, pas la télé, d'accord ?

— Pas de problème, Paddy, le rassure la réalisatrice. On va arrêter là pour aujourd'hui. On reprend demain matin, vers 10 heures ?

— Si tu veux, concède-t-il.

— Moi aussi, je vais y aller, je marmonne.

Mais Honey me retient fermement par le bras.

— Pas question. Il m'a fallu assez de temps pour te retrouver ; tu ne vas pas filer maintenant !

— Elle a raison, intervient Paddy. Laissons-les ranger leur matériel et allons discuter au salon.

Il nous fait sortir de la cuisine tandis que les techniciens remballent caméras, micros et projecteurs. Je longe un couloir orné de dessins d'enfants encadrés – des taches de peinture et des bonshommes pailletés sans doute réalisés par mes demi-sœurs. Un mélange d'admiration et d'envie me serre le cœur. Quand j'étais petit, il a dû arriver une ou deux fois que maman pose mes cartes de Noël sur le rebord de la fenêtre de notre meublé ; et plus tard, à Manchester, je me souviens d'un affreux collage de pâtes fabriqué par Isla qui est resté scotché à la porte du réfrigérateur pendant un moment. Mais je n'avais encore jamais vu des peintures d'enfants exposées ainsi comme des œuvres d'art.

Le salon est tout aussi incroyable avec ses deux canapés en velours bleu et sa grande cheminée au manteau en bois sculpté. De gros coussins sont disposés sur un tapis oriental très usé qui doit valoir une fortune. Les filles prennent place sur les canapés sans cesser de chuchoter, Charlotte se laisse tomber dans un fauteuil et Paddy me fait signe de m'installer où je veux. Je choisis un coussin, prêt à me relever d'un bond en cas de besoin.

– Ça y est, l'équipe de tournage s'en va, nous informe Paddy, debout près de la fenêtre.

Derrière lui, j'aperçois en effet les fourgons qui s'éloignent dans l'allée.

– Bon débarras, ajoute-t-il. Même si je parie qu'ils sont ravis de leur journée!

– Il n'y a pas toujours des caméras dans notre cuisine, tu sais, me rassure la plus jeune des sœurs. Ils sont en train de tourner un docu-réalité sur la chocolaterie.

– Ah oui, j'ai oublié de te parler de ça, dit Honey. Maman et Paddy ont créé une marque de confiseries de luxe qui s'appelle La Boîte de Chocolats. Tu connais ?

Je secoue la tête sans répondre.

Il m'arrive parfois d'acheter une barre chocolatée à l'épicerie, mais les trucs hors de prix, très peu pour moi. Je ne ferais sans doute même pas la différence.

– Vous croyez qu'ils vont utiliser cette scène dans le documentaire ? s'inquiète Charlotte. Aussi divertissant que ce soit, je doute que Greg apprécie de voir son petit secret révélé à la télévision.

Je rougis. Alors comme ça, je suis juste un «petit secret», quelque chose dont on a honte et qu'il faut cacher. Comment ai-je pu croire que je serais le bienvenu dans cette maison ?

– Je vais discuter avec eux, promet Paddy. Ils sont obligés de respecter certaines règles de confidentialité, d'autant que Jake n'était pas au courant avant d'entrer.

– Tu as bien choisi ton moment! s'amuse Honey. Scène un, «le retour du fils prodigue»… action!

— Techniquement, je ne suis le fils de personne ici...

— Non, mais c'était quand même une sacrée surprise, reconnaît Charlotte. J'aurais préféré que tu me mettes au courant avant, Honey. Rencontrer Jake sans avoir été prévenue m'a fait un choc. J'ai du mal à me faire à l'idée.

— Je voulais te le dire, répond Honey avec une grimace navrée, mais je ne savais pas comment m'y prendre. Je suis tellement désolée, maman ! Je n'avais pas l'intention de te faire de la peine !

Charlotte s'essuie les yeux avec un mouchoir et relève la tête. J'ignore à quoi elle pense, mais ça m'étonnerait que ce soit positif pour moi.

— Alors comme ça, lance-t-elle, tu t'appelles Jake Cooke ?

Je réprime l'envie de porter la main à mon front comme un soldat.

— Oui, m'dame. Pardon d'être arrivé sans prévenir. Je n'ai pas réfléchi. Si j'avais eu un numéro où vous joindre, j'aurais sans doute téléphoné. Je n'aurais jamais dû venir. C'était une très mauvaise idée.

Charlotte repousse ses cheveux en arrière et me sourit.

— Mais non, tu as bien fait. C'est un peu difficile pour moi, je ne vais pas prétendre le contraire. Mais tu es le bienvenu. Je suis sincère. Si on a manqué d'hospitalité, c'est parce qu'on était sous le choc.

Et elle recommence à pleurer.

— Tu es vraiment notre demi-frère ? m'interroge la plus jeune des filles. Et personne ne le savait ? Raconte-nous !

— C'est dingue, renchérit l'une des jumelles. On n'avait même pas cinq ans, maman était enceinte de Coco, et ça n'a pas empêché papa d'aller voir ailleurs ! Si je comprends bien, ma vie entière repose sur un mensonge.

— Est-ce que papa habitait aussi avec vous ? me demande l'autre jumelle. Est-ce qu'il menait une double vie ?

Je ne sais plus où donner de la tête.

— Je ne l'ai jamais vu ; ma mère et lui se sont séparés avant ma naissance. J'ai découvert son identité grâce à la lettre de Honey. Maman n'avait que dix-huit ou dix-neuf ans quand elle l'a rencontré. Ils travaillaient ensemble, je crois. Si ça se trouve, elle ne savait même pas qu'il était marié.

— Dix-huit ou dix-neuf ans… répète Charlotte. Ce n'était qu'une enfant. Et moi qui ne me suis doutée de rien !

Elle tente de sourire entre ses larmes. Je me sens horriblement coupable. Et si je ne valais pas mieux que mon père ? Après tout, j'ai hérité de la moitié de ses gènes. Ça expliquerait pas mal de choses.

— Papa n'a jamais été quelqu'un de bien, décrète

Honey. C'était un mauvais mari et un mauvais père. Désolée, maman, mais c'est vrai ! Moi-même, j'ai mis longtemps à l'admettre. Ce n'est la faute de personne ; il est nul. À croire qu'il n'a jamais tiré aucune leçon de ses erreurs.

— En effet, confirme Charlotte. Voilà pourquoi c'est douloureux pour moi de repenser à cette époque. Heureusement, notre famille a tourné la page. Et ces épreuves m'ont permis de rencontrer Paddy, mon âme sœur, sans qui je ne peux imaginer ma vie aujourd'hui.

Honey lève les yeux au ciel d'un air agacé, bien que je devine l'ombre d'un sourire sur ses lèvres. Apparemment, elle n'aime pas beaucoup que sa mère évoque sa vie sentimentale.

Je suis impressionné par la vitesse à laquelle Charlotte a digéré la nouvelle. Ses filles et elle auraient parfaitement le droit de m'insulter ou de me jeter dehors. Au lieu de cela, je suis confortablement installé dans un salon chaleureux avec mes quatre demi-sœurs, à les écouter critiquer mon père. J'ai du mal à y croire.

— Au fond de moi, j'ai tout de suite compris, avoue Charlotte en me regardant dans les yeux. Quand j'ai entendu ton nom et que j'ai vu ton visage, un frisson m'a parcourue. Tu ressembles tellement aux filles et à Greg ! C'était un très bel homme.

Est-il trop tôt pour leur demander une photo ? Sans doute. Chaque chose en son temps.

— On n'a jamais eu de frère, commente l'une des jumelles. Ça pourrait être intéressant.

— Tu dînes avec nous ? m'interroge la plus jeune. Summer et moi avons préparé un gratin de pâtes et de la salade. Et comme d'habitude, on en a fait dix fois trop.

— Il vit à Londres, l'informe Honey. Donc oui, il va rester. Et puis, il a encore plein de choses à nous raconter.

— Hé, arrêtez de parler comme si je n'étais pas là ! je proteste.

— Pardon ! C'est juste que je suis trop excitée ! s'excuse Honey avant de venir s'asseoir à côté de moi et de me serrer une nouvelle fois dans ses bras.

— Lâche-le, Honey ! s'écrie sa sœur. Tu vas l'effrayer !

J'en profite pour me dégager. Honey me décoche un clin d'œil amusé et pose sa tête sur mon épaule. Elle est visiblement d'une nature excessive. Les jumelles, elles, se tiennent sur leurs gardes. La plus jeune est la plus amicale, mais j'ai du mal à comprendre pourquoi elle porte un bonnet panda à l'intérieur en plein mois d'août. Paddy et Charlotte ont l'air gentils, de même que Cherry, qui prend justement la parole.

— J'ai prévenu Shay de rester chez lui. Tommy et lui devaient participer au tournage, mais ça attendra demain. J'ai pensé qu'on aurait besoin de calme pour discuter.

– Tu as raison, confirme Charlotte.

– Si tu veux, tu peux dormir dans la roulotte, me propose Paddy.

Bien que je n'aie pas la moindre idée de ce dont il parle, je le remercie.

– Mais… ta mère ne va pas s'inquiéter ? me demande Charlotte.

– Non, non. Elle est au courant de ma visite, ça ne la dérange pas.

Mes mensonges me brûlent les lèvres, et je dois réprimer une terrible envie de leur dire la vérité. Ces gens ne me connaissent pas et ne me doivent rien ; nous ne sommes liés que par un accident de parcours qui ne fera jamais de nous une famille, contrairement à ce qu'espère Honey.

Mon histoire et mes problèmes ne les regardent pas – du moins, pas pour le moment. Mieux vaut rester prudent.

– Je voudrais quand même passer un coup de fil à ta mère, déclare Paddy. Pour la prévenir que tu es bien arrivé.

– D'accord… Mais elle ne doit pas encore être rentrée du travail. Elle est serveuse dans un restaurant, Le Dragon de Papier. Vous ne voulez pas plutôt lui téléphoner demain ?

– Je préférerais m'en occuper ce soir. À quelle heure termine-t-elle ?

– Euh, vers 23 heures, je crois. Ça risque de faire tard…

– Non, non, pas de problème. J'attendrai.

– OK.

Honey fixe sur moi un regard inquisiteur. A-t-elle deviné que je mentais ? En tout cas, elle change brusquement de sujet.

– Allez, Jake, parle-nous un peu de toi. On veut *tout* savoir !

Je souris et me passe la main dans les cheveux, soulagé qu'elle soit venue à mon secours.

– Eh bien, pour commencer, appelez-moi Cookie…

8

Je trouvais mes petites sœurs bruyantes, mais c'est parce que je n'avais pas eu affaire à la famille Tanberry-Costello. Ce sont de vraies *pipelettes*. Chacune des filles a sa propre opinion sur ma présence à Tanglewood, et des tonnes de questions à me poser.

Je leur parle de maman, de Maisie et d'Isla, du Dragon de Papier, du billet de train et de la prédiction qui m'ont poussé à partir pour le Somerset.

– J'étais curieux. Je voulais vous rencontrer, voir si j'avais ma place parmi vous. J'ai toujours eu l'impression qu'il me manquait des pièces du puzzle. À présent, je vois enfin à quoi il est censé ressembler.

Sans vraiment me l'avouer, je brûle de connaître mes sœurs depuis la deuxième ou troisième lettre de Honey. Mais sans la catastrophe de la baignoire, je n'aurais jamais eu le courage de venir.

Tanglewood est un petit paradis où je serai en

sécurité pendant quelques jours – à condition que Paddy ne gâche pas tout en téléphonant à maman.

Je passe sous silence Sheddie, ses dreadlocks, ses cours de taï-chi et sa fichue yourte, ainsi que l'accident qui a saccagé le restaurant et poussé ma famille à la rue. Je ne leur dis pas non plus que personne ne sait où je suis. À quoi bon compliquer les choses ?

Les filles vont chercher des photos de notre père, et je découvre enfin le visage de ce bon à rien dont j'ai, semble-t-il, hérité. Il est blond, très beau, grand, souriant et bien habillé. Sur un portrait pris le jour de son mariage avec Charlotte, ils me paraissent tous deux ridiculement jeunes et pleins d'espoir. Il y a aussi une série de clichés réalisés lors d'un pique-nique, où il est assis dans l'herbe avec des versions miniatures de mes sœurs. Elles me ressemblent tellement au même âge que j'en ai presque froid dans le dos.

J'inspecte ces images en me demandant si mon père regarde parfois en arrière et regrette ses choix de vie. Il a l'air plutôt sympathique, mais je sais que ce n'est qu'une apparence. Sur les photos du pique-nique, il a l'air distant et un peu ailleurs – envisageait-il déjà d'abandonner sa famille pourtant parfaite ?

Comment va-t-il réagir quand je le contacterai ? Est-ce qu'il sera heureux d'avoir de mes nouvelles ? Peut-être, jusqu'à ce qu'il comprenne que c'est après son argent que j'en ai.

Nous mangeons dans le salon, nos assiettes sur les genoux, en bavardant de tout et de rien. Pour le dessert, les filles m'apportent un smoothie aux fruits frais et quelques échantillons des fameux chocolats de Paddy. C'est vrai que ça n'a rien à voir avec ce que je mange d'habitude.

Plus l'aiguille de l'horloge se rapproche de 23 heures, plus je deviens fébrile. Si Paddy insiste pour appeler maman, mon aventure risque de prendre fin alors qu'elle vient à peine de démarrer. Des ébauches de plans et d'idées se mélangent dans ma tête. Je pourrais envoyer un message à Harry ou à Mitch dans l'espoir qu'une de leurs mères se fasse passer pour la mienne, mais elles n'accepteront jamais. Et si je donne un faux numéro à Paddy, ça ne fera que repousser le problème. J'ai beau retourner la question dans tous les sens, je suis coincé.

– Viens, Cookie, lance soudain Honey en se levant. Je vais te faire visiter la roulotte où tu vas dormir !

Je la suis jusqu'à la porte du jardin, laissant les autres plongés dans les vieux albums photos et les souvenirs. Fred, le chien, nous emboîte le pas. Au fond, sous les arbres ornés de guirlandes lumineuses, trône une roulotte colorée au toit arrondi. La nuit tombe, et il commence à faire frais. Je me sens à des millions de kilomètres de Londres et de Chinatown.

– Cool ! je m'exclame. Bizarre mais cool.

– Oui, c'est plutôt chouette, acquiesce Honey. Bon, maintenant, dis-moi ce qui se passe. Tu avais l'air drôlement nerveux tout à l'heure quand Paddy a parlé de téléphoner à ta mère. Je me trompe peut-être, mais j'ai l'intuition qu'elle n'est pas au courant de ta présence ici...

– Tu as raison, je reconnais avec un soupir. C'est une longue histoire.

– J'en étais sûre ! Tu as fugué ?

– Pas exactement...

– Tu as fugué, oui ou non ?

– On peut dire que oui. En fait, ma famille a de gros soucis, et, pour arranger ça, j'ai besoin de l'aide de papa.

Honey éclate de rire.

– Eh bien, bon courage ! C'est rare qu'on puisse compter sur lui, mais tu peux toujours essayer. Et comment vas-tu te débarrasser de Paddy ? Il tient vraiment à appeler ta mère.

– S'il le fait, tout est fini.

– Elle ne va pas s'inquiéter ?

– Non, ma sœur lui a raconté que je dormais chez un copain.

– Bien vu. Mais ça ne suffira pas. Il faut que tu trouves une solution.

– Laquelle ? Paddy n'a pas l'air du genre à lâcher le morceau. Je suis fichu.

— Mais non, réplique Honey avec un grand sourire. Je vais t'aider, petit frère. Tu as un portable ?

Je le lui tends.

— Bien, déclare-t-elle en s'asseyant sur les marches de la roulotte. Tu vas donner ton numéro à Paddy, et c'est moi qui décrocherai. Je suis des cours de théâtre au lycée. Je prendrai l'accent de Londres. Fais-moi confiance !

Je n'y crois pas une seconde, mais je n'ai pas vraiment le choix.

Quand je rentre dans la cuisine, Paddy est en train de préparer du thé. Il me sourit.

— Alors, la roulotte te plaît ?

— Carrément ! Elle est géniale. Merci !

— Où est Honey ?

Je réfléchis à toute vitesse.

— Elle est partie promener Fred. Je crois qu'elle envoyait des messages à quelqu'un. Je n'ai pas voulu m'imposer.

— Oui, son copain est en voyage en Europe, et ils communiquent surtout par textos. Ce n'est pas l'idéal, mais il devrait bientôt la rejoindre ici. En parlant de communiquer, tu penses que je peux appeler ta mère, maintenant ?

— Bien sûr. Elle s'appelle Alison Cooke.

Je lui donne mon numéro de portable en croisant les doigts pour que Honey ne m'ait pas menti au sujet de ses talents de comédienne. Je le regarde appuyer sur les touches, puis l'écoute expliquer à son interlocutrice que je suis bien arrivé et que je peux rester aussi longtemps que je le voudrai. Mon cœur bat la chamade. Même avec un accent, il va forcément reconnaître sa belle-fille. Mais à mon grand étonnement, la conversation se poursuit normalement.

Au bout de quelques minutes, Paddy me tend le téléphone.

– Tiens, elle veut te dire un mot.

J'attends qu'il regagne le salon avec ses tasses de thé.

– Et voilà, déclare une drôle de voix à mon oreille. Comme sur des roulettes. Je suis encore plus douée que je ne le pensais !

– Ma mère ne parle pas du tout comme ça.

– Maintenant, si ! décrète Honey en laissant tomber son accent. Allez, Cookie, ne fais pas ta mauvaise tête !

– Au contraire, je suis épaté ! Merci beaucoup. Juste une question : pourquoi est-ce que tu m'aides ?

– Parce que toi et moi, on est pareils. On est des aimants à problèmes.

9

Je me réveille très tôt dans la roulotte en bois, pelotonné sous une couverture en patchwork, la tête sur un oreiller qui sent bon le linge frais. Après m'être étiré en bâillant, je suis pris de panique lorsque je constate que quelque chose m'empêche de bouger les jambes. En fait, c'est juste Fred qui est couché en travers du lit, comme s'il voulait me tenir chaud. Je le gronde gentiment:

– Hé, vilain chien! Descends de là!

Il me regarde d'un air placide, puis me tourne le dos et se met à ronfler.

La roulotte est vraiment bien conçue. Il y a un poêle à bois, deux fenêtres munies de rideaux, une table et des chaises aux couleurs vives, une étagère remplie de livres... Je me rends compte qu'il fait jour, car je distingue les moindres détails du toit arrondi. La peinture rouge, vert et bleu est décorée de feuilles, de cœurs et de petits oiseaux.

C'est tellement beau que je rêverais de m'y installer pour de bon.

Je n'ai pas eu de chambre à moi depuis Manchester, et ça me fait du bien de me retrouver un peu seul. Quitte à me découvrir quatre demi-sœurs excentriques, je suis ravi qu'elles vivent dans une super maison avec une roulotte au fond du jardin et un beau-père chocolatier !

Je soulève un rideau pour jeter un coup d'œil à l'extérieur. Les rayons du soleil filtrent entre les arbres, et je distingue au loin une tache d'un bleu scintillant.

Est-ce que c'est ce que je crois ?

Aussitôt, je sors de mon lit, enfile mon jean et ouvre la porte. Debout sur les marches, j'inspire quelques bouffées d'air frais avant de m'aventurer sur l'herbe humide. Fred se lève d'un bond et atteint le portail du jardin avant moi.

Au-delà, une immense étendue turquoise s'ouvre devant mes yeux, illuminée par le soleil et bordée d'un croissant de sable doré.

Tanglewood donne directement sur la mer. J'aurais dû m'en douter !

Je descends les marches inégales qui bordent la falaise. Enfin, mes pieds s'enfoncent dans le sable frais où se cachent des galets et des coquillages qui me font grimacer quand je marche dessus. Quelques secondes plus tard, je m'élance en criant dans les vagues glacées. Trempé jusqu'aux os, je ris aux éclats pendant que Fred aboie gaiement.

Puis, la tête renversée en arrière, j'admire le ciel d'un bleu parfait en ayant une petite pensée pour Maisie et Isla. Elles auraient adoré être là, elles aussi.

Comme elles, je n'avais encore jamais vu la mer – à l'exception d'une fois à Southend quand j'étais bébé, ce qui ne compte pas puisque je ne m'en souviens pas. Je ne pensais pas que l'océan serait si immense, si infini. Ni que l'eau me paraîtrait si froide, me laisserait ce goût salé sur les lèvres, me fouetterait ainsi le sang et me procurerait une telle joie.

Pour la première fois depuis que je suis né, je suis submergé par le bonheur d'être en vie.

– Hé! Cookie!

C'est Honey, assise sur un rocher au pied de la falaise, qui agite la main dans ma direction. Ma fierté en prend un coup quand je songe qu'elle a pu me voir sauter dans les vagues et m'ébrouer comme un phoque. Je regagne la plage aussi dignement que possible, Fred sur les talons.

– Ça te plaît, on dirait! me taquine Honey. C'est vrai que c'est chouette d'avoir la mer devant notre porte. Si tu restes encore un peu, on organisera une fête ici en ton honneur!

– Ne t'inquiète pas, je n'ai pas l'intention de partir tout de suite.

– Tant mieux. Parce qu'on a *des tonnes* de choses à rattraper! Quatorze ans d'anecdotes, en fait. C'est dommage que ces fichues caméras doivent revenir à 10 heures; je n'ai pas du tout envie de te partager avec elles.

– Qu'est-ce qu'elles font là, au juste? Pourquoi passez-vous à la télé? Vous êtes célèbres?

– Non, bien sûr que non! proteste-t-elle en riant. Ils réalisent une série de documentaires sur des gens pas comme les autres. Nikki, la productrice, a logé chez nous il y a deux ans pendant le tournage d'un téléfilm. Ses collègues ont dû nous trouver intéressants. Les familles recomposées sont à la mode, et la chocolaterie apporte une touche originale. Ils ont quasiment fini, mais ils sont toujours en quête de scènes dramatiques, de disputes ou de révélations. En général, ils comptent sur moi pour ça! Mais hier, tu as remporté la palme avec ton entrée fracassante.

– Ils ne vont quand même pas utiliser ces images, si? Ma mère ne serait pas d'accord.

– Qu'est-ce que ça peut faire, puisque tu as fugué?

– Je ne suis pas parti parce que j'en veux à ma famille, au contraire. Comme je te l'ai expliqué, j'essaie de réparer mes bêtises. Je tente d'aider ma mère, pas de me battre contre elle.

– Intéressant, commente Honey en haussant un sourcil. Un rebelle au grand cœur! Dans ce cas, elle n'a qu'à te rejoindre ici avec tes petites sœurs. On vivrait tous ensemble, comme une immense famille compliquée mais heureuse !

– Ça ne me paraît pas une bonne idée...

– Non ? Ce serait génial, pourtant. Et le documentaire pourrait retracer notre histoire. Ça ajouterait du suspense et des séquences émotions : les enfants de Greg Tanberry, enfin réunis dans leur haine pour leur père après des années de séparation...

– Non, je répète. Ça ne m'intéresse pas. Et ça m'étonnerait que Charlotte soit partante.

– Oh, je pourrais la convaincre. Ce serait trop cool. Mais bon, c'est toi qui décides. Tu veux toujours contacter papa, au fait ?

– Oui. J'ai de bonnes raisons, tu peux me croire.

– « Ne jamais croire un gamin de quatorze ans qui se baigne tout habillé. » C'est ma devise. Au risque de passer pour une grande sœur rabat-joie, je te conseille d'aller te changer. Sinon les caméras ne vont plus te lâcher. Et c'est *moi*, le centre de l'attention de cette maison !

Je baisse les yeux vers mon tee-shirt et mon jean dégoulinants. Mais avant que je puisse répondre quoi que ce soit, Fred s'ébroue de la tête aux pieds. Honey pousse un cri aigu, puis jure à mi-voix avant de grimper en courant les marches de la falaise.

– Il est encore pire que toi ! En tout cas, ces émotions

ont dû te retourner. On aurait juré que tu n'avais jamais vu la mer !

– C'est le cas. Enfin si, une fois, quand j'avais six mois. Bizarrement, je n'en ai aucun souvenir.

Honey pousse le portail rouillé et me regarde avec de grands yeux.

– Tu n'avais jamais vu la mer ? Pour de vrai ?

Une ombre passe sur son visage, comme si elle essayait d'imaginer à quel point ma vie a dû être différente de la sienne. Quoi qu'elle imagine, elle est sans doute loin de la réalité. Partager deux lits superposés à trois dans un appartement humide ou préparer un repas à partir de boîtes fournies par la banque alimentaire ne font clairement pas partie du quotidien de la famille Tanberry-Costello.

– Mais je ne suis pas à plaindre, je la rassure. Chacun a ses problèmes. Et toi, je parie que tu n'as jamais vu le soleil se coucher sur les toits de Chinatown, ni emmené tes sœurs pêcher dans le canal de Manchester. On n'attrapait jamais de poisson, mais un jour on a trouvé un sac à main qui contenait encore un portefeuille et des cartes de crédit. On l'a apporté au commissariat, où on nous a donné une récompense de dix livres. Quand Maisie en a parlé à Rick, il s'est fâché. Je parie qu'il aurait bien aimé garder les cartes pour commander un paquet de trucs sur Internet.

– À t'entendre, ce n'était pas un type très sympa.

– Non.

– Je suis triste que tu aies grandi loin de nous dans des conditions aussi difficiles. Rick, les problèmes d'argent de ta mère… Heureusement que tu avais tes sœurs, qui ont l'air adorables. Tu as raison de vouloir demander des comptes à papa.

Et encore, elle ne connaît pas toute l'histoire…

Si ça se trouve, en apprenant que maman était enceinte, mon père a deviné que je ne lui causerais que des ennuis. Comment lui en vouloir de l'avoir abandonnée alors qu'il avait déjà une femme géniale, trois jolies petites filles, une quatrième en route, et une magnifique maison au bord de la mer ? La seule chose que je ne comprends pas, c'est qu'il les ait quittées elles aussi. Si j'avais la chance de vivre dans un endroit comme Tanglewood, je ne partirais jamais.

Nous nous dirigeons vers la roulotte. Mon jean me colle aux jambes. Au bout d'un moment, je m'aperçois que nous sommes suivis par un mouton. Honey m'explique qu'il s'agit de Joyeux Noël, une brebis orpheline que Coco a recueillie quand elle était bébé et qui se prend désormais pour un chien.

– Coco a aussi un poney qui s'appelle Coconut, ajoute-t-elle. Dans l'étable, à côté de la chocolaterie. Elle adore les animaux !

– Ça plairait à mes sœurs. Un chien, un mouton, un poney… C'est trop cool !

– N'est-ce pas ? À part ça, tu as une chérie à Londres ? Moi, j'ai rencontré mon copain, Ash, en Australie. Avant lui, je suis sortie avec pas mal de garçons pas très fréquentables. Lui, il est différent – intelligent, studieux, gentil… pas du tout mon genre, quoi ! Mais il me comprend, ce qui est plutôt rare. Je ne l'ai pas vu depuis des mois.

– Ma pauvre…

– Oui, c'est dur. Quelle idée, de tomber amoureuse d'un garçon qui vit à l'autre bout de la planète ! Avant de commencer la fac, il a décidé de faire le tour du monde. Il est allé en Inde, au Sri Lanka, et maintenant, il est en Europe – en Grèce, je crois. Je n'ai pas eu de nouvelles depuis deux jours. À tous les coups, il a rencontré une belle étudiante en vacances et m'a complètement oubliée.

– Ça, ça m'étonnerait… Je pense plutôt que son téléphone n'a plus de batterie ! Vous avez prévu de vous voir bientôt ?

– Normalement, oui, répond-elle, le regard perdu au loin. Quand il aura terminé son voyage, d'ici un mois. Tu le rencontreras peut-être.

– Peut-être.

En réalité, je serai déjà parti depuis longtemps.

– Et toi, alors, tu es un bourreau des cœurs, comme ta grande sœur ?

J'éclate de rire.

– Pas vraiment, non ! Je n'ai pas le temps de penser à ça.

– Ça viendra. Tu es plutôt mignon, tu sais ! Même si je ne suis pas fan du look chien mouillé… Tu as apporté de quoi te changer, j'espère ?

– Euh… plus ou moins.

– Parfait. Va te sécher et rejoins-nous à la maison. On va prendre un petit déjeuner en famille avant l'arrivée de l'équipe.

Au moment où j'ouvre la porte de la roulotte, elle ajoute :

– Cookie ?

– Oui ?

Elle me sourit, le visage inondé de soleil et les yeux rayonnants de fierté.

– Je suis trop contente que tu sois venu. Je n'ai pas toujours été une sœur idéale et j'ai fait beaucoup de bêtises, mais j'essaie d'apprendre de mes erreurs. Quand j'ai découvert ton existence, je n'ai pas pu m'empêcher de t'écrire. Je voulais te rencontrer, te présenter tout le monde… Pourtant, j'avais un peu peur. Maman aurait pu se mettre en colère, mes sœurs me le reprocher. Et toi, tu aurais pu nous détester. Maintenant, je suis rassurée. Je me fiche que tu aies débarqué ici pour une mission secrète qui nécessite de contacter papa. Tu es le frère dont j'ai toujours rêvé. Pour une fois, j'ai pris la bonne décision !

Sur ces mots, elle tourne les talons et s'éloigne vers la maison.

Personne ne m'avait encore fait de tels compliments. Honey sait que je suis loin d'être parfait. Mais au lieu de me juger, elle a décidé de me soutenir et de garder mon secret, quitte à se faire passer pour maman au téléphone.

Avec une alliée comme elle, mon plan devrait réussir.

10

S'il y avait du monde hier, ce n'était rien comparé à aujourd'hui. On me présente tellement de gens que j'en ai le tournis ; mes yeux et mes oreilles sont saturés d'informations.

Sandy, la gérante de la chocolaterie, est venue accompagnée de ses enfants, Stevie et Jasmine. Stevie a à peu près mon âge, et c'est le grand ami de Coco – bien que je me demande s'il ne se passe pas autre chose entre eux. Tommy, le copain de Summer, est un garçon sympathique au visage couvert de taches de rousseur ; quant à celui de Cherry, Shay, c'est avec lui qu'on m'a confondu hier. Il est grand, blond et super cool avec son bonnet et sa guitare. Enfin, il y a les meilleures amies des jumelles, Tina et Millie.

Pendant le petit déjeuner, Paddy et Charlotte m'ont rapporté que la productrice, Nikki, avait promis de couper la scène de mon arrivée au montage.

– Je lui ai expliqué qu'il nous fallait un peu de temps

pour encaisser la nouvelle, ajoute Charlotte. Elle a compris et m'a proposé d'en reparler d'ici une semaine ou deux, quand nous aurons plus de recul. Mais ça m'étonnerait que je change d'avis. C'était un moment intime, je ne tiens pas à le voir diffusé dans tout le pays. Toi non plus, je suppose !

Le programme de la journée est bien défini. L'équipe va d'abord filmer Paddy et Charlotte en train de préparer des chocolats dans l'atelier ; ensuite, Sandy fera semblant de recevoir une commande urgente pour une chaîne de grands magasins ; et c'est là que la famille appellera des renforts pour s'en sortir à temps. Les scénaristes ont profité de l'interruption de tournage d'hier pour réécrire et améliorer la scène en y intégrant un millier de figurants. Enfin, peut-être pas un millier, mais l'ensemble des jeunes du village qu'on vient de me présenter.

Pendant que les cadreurs s'éloignent avec Charlotte, Paddy et Sandy, nous nous installons autour de la table de la cuisine. Summer sort deux grands pichets de limonade du réfrigérateur et tout le monde grignote des tartines de pain à la confiture, en discutant d'un tas de choses et de gens inconnus. Les amis de mes sœurs semblent davantage chez eux à Tanglewood que je ne le serai jamais.

Summer me sert un verre de limonade auquel elle ajoute des glaçons et une rondelle de citron. Je manque de recracher la première gorgée ; ça n'a rien à voir avec ce à quoi je m'attendais.

– C'est quoi, ce truc ? On dirait du nettoyant pour les vitres !

– Oh, désolée, s'excuse Summer. C'est moi qui l'ai préparée, et je l'aime très citronnée. C'est plein de vitamine C ! Mais tu peux rajouter un peu de sucre si tu veux.

Comme je tiens à garder mes dents intactes, j'abandonne mon verre dans un coin dès qu'elle a le dos tourné. Les autres ont pourtant l'air d'apprécier sa « mixture » ; peut-être qu'à la campagne, « limonade » ne désigne pas une boisson gazeuse mais un liquide ultra-acide.

Debout au milieu du groupe, Honey évoque une fête qu'elle compte organiser en l'honneur d'un de ses cousins. J'ai l'impression qu'elle m'a oublié, jusqu'à ce que je comprenne qu'elle parle de moi.

Soudain, j'ai la nostalgie de mon petit appartement de Chinatown. Mes sœurs sont insupportables et ma mère a du mal à boucler les fins de mois, mais, au moins, elle nous achète de la vraie limonade au supermarché. Hier, elle a répondu à mon texto en me demandant de rentrer le plus vite possible. J'espère que Maisie s'est montrée assez convaincante pour l'empêcher de téléphoner à la mère de Harry. Ce n'est pas la première fois que je m'éclipse de la maison parce que j'ai fait une bêtise ou que je me suis disputé avec maman. Elle sait que, dans ces cas-là, le mieux est de me laisser tranquille pendant quelques jours. Je finis toujours par revenir.

Mais aujourd'hui, je lui en veux un peu de ne pas avoir davantage insisté. Elle doit être trop occupée à briquer l'appartement avant la visite de Sheddie, et ravie que je ne sois pas dans ses pattes, en train de tirer une tête de dix pieds de long et de critiquer son nouveau copain.

Elle ignore que je suis parti à des kilomètres dans l'espoir de sauver le restaurant et de nous épargner une vie dans la rue – ou pire, sous une yourte où nous devrons manger des lentilles et des feuilles de pissenlit.

Elle ne sait pas que j'ai retrouvé mes demi-sœurs. D'ailleurs, elle ne connaît sans doute même pas leur existence. J'ai moi-même encore du mal à m'habituer à cette idée. Nous sommes si différents elles et moi que je ne ferai jamais partie de cette famille. Ce n'est qu'un rêve, une illusion, un peu comme ce soi-disant documentaire sur leur chocolaterie écrit à l'avance. Les choses ne sont jamais aussi simples qu'il y paraît, même si Tanglewood est un vrai paradis comparé à notre logement de Chinatown.

Je sors discrètement de la maison et me réfugie près de la roulotte. Le cœur lourd, je m'assieds sur les marches, le visage tourné vers le soleil. Le silence me fait du bien après le brouhaha de la cuisine. Je ne suis pas venu ici pour m'amuser, mais pour accomplir une mission.

C'est dur de jouer les super-héros, surtout quand on a toujours été un bon à rien. Mais je ne baisserai pas les bras. Dès que l'équipe de télé sera partie, je demanderai l'adresse e-mail de notre père à Honey. Je ne vois pas pourquoi elle refuserait de me la donner. En attendant, je décide de téléphoner à Maisie pour savoir s'il y a du nouveau.

Quand elle décroche, je reconnais le bruit de l'aspirateur derrière elle.

– Allô, c'est moi… mais fais comme si j'étais une de tes copines, d'accord ? Tu peux t'enfermer dans la salle de bains comme l'autre jour ?

– Oh, salut, Tara! répond ma sœur du tac au tac. Je suis contente que tu m'appelles. Ma mère fait *encore* le ménage. Attends une minute, je vais aller dans la salle de bains pour être tranquille.

J'entends une porte claquer, puis de l'eau couler.

– C'est bon, reprend Maisie. Maman va me rendre folle. Elle a passé l'aspirateur deux fois hier, et elle recommence. Elle va finir par user la moquette !

– Elle fait toujours ça quand elle est stressée. Ça doit être à cause de la facture pour les travaux de la salle de bains.

– Tu parles, c'est à cause de Sheddie, oui ! Il doit arriver dans la soirée. Elle a prévu des saucisses et de la purée pour le dîner – mais des saucisses végétariennes, parce que monsieur ne mange pas de viande.

– Quel rabat-joie… Ne t'inquiète pas, Maisie, mon plan avance. Je crois que je vais réussir à tout arranger.

– Moi aussi, j'ai un plan. Maman nous a demandé de faire bonne impression à Sheddie, alors avec Isla, on va être insupportables. On va se battre, hurler et l'ignorer chaque fois qu'il essaiera de nous parler. Comme ça, il ne voudra jamais vivre avec nous !

J'éclate de rire. Ma sœur est un génie ; si ça fonctionne, on pourra gagner un peu de temps en attendant que je trouve une solution plus durable.

– Tu es où, Cookie ? Tu rentres ce soir ?

– Non, pas ce soir. Demain, peut-être, ou après-demain. Tu arriveras à me couvrir jusque-là ?

– Oui, pas de problème. Mais ne tarde pas trop, d'accord ?

– Promis. Merci, Maisie. Et bonne chance avec Sheddie !

Je sens qu'elle va en avoir besoin.

11

Mon répit ne dure pas longtemps.

— Ça va ? demande une voix dans mon dos.

La sœur qui émerge d'entre les arbres est la seule avec laquelle je n'ai aucun lien de parenté, celle qui a les yeux en amande et les cheveux d'un noir de jais. Aujourd'hui, elle porte un jean slim rouge et le tee-shirt d'un groupe de rock.

— Tu t'appelles Cherry, c'est ça ? je lance d'un ton hésitant.

— Oui, je suis la fille de Paddy. Tu avais l'air un peu dépassé tout à l'heure, alors je suis venue voir comment tu te sens. À Tanglewood, c'est parfois difficile de trouver sa place.

— Il y a trop de monde. Je viens à peine de vous rencontrer, et avec tous ces gens en plus, je suis perdu. Mon cerveau n'arrive pas à suivre !

Cherry sourit.

— J'ai ressenti la même chose à mon arrivée. C'était

il n'y a pas si longtemps, mais j'étais très différente d'aujourd'hui. Je n'avais encore jamais vu un endroit pareil.

– Oui, on se croirait dans un château ou dans un vieux manoir ! Tout ça est fantastique : la roulotte, la plage, la mer…

– Moi aussi, j'ai dormi dans la roulotte au début. À l'époque, Charlotte avait transformé une partie de la maison en *bed and breakfast*. J'étais contente d'avoir un endroit à moi où me réfugier.

– Je vois ce que tu veux dire.

– Avant, on vivait à Glasgow dans un minuscule appartement. Papa faisait le ménage dans une chocolaterie, et moi je n'étais pas franchement heureuse… À l'école, je n'avais aucun ami. Tanglewood a des pouvoirs magiques, tu sais. Depuis que je suis ici, ma vie a changé.

– Ton père faisait le ménage dans une chocolaterie ? je répète, incrédule. Et maintenant, il a monté sa propre société et on lui consacre un documentaire ? Ça alors ! Je croyais que tu étais comme les Tanberry, une fille privilégiée, qui a toujours eu la belle vie.

– Tu te trompais, me répond Cherry en s'asseyant sur une souche d'arbre. Je ne suis qu'une gamine ordinaire, avec beaucoup d'imagination et pas assez de jugeote. Quant à mes demi-sœurs, elles ne sont pas aussi gâtées que tu le crois. Quand je les ai rencontrées, j'ai eu la même réaction que toi. Mais il faut se méfier des apparences.

— Comment ça ?

— La maison est magnifique, mais elle ne nous appartient pas vraiment. C'est celle de la mère de Charlotte, qui vit en France depuis qu'elle s'est remariée. La plupart des filles sont nées ici, mais après le départ de Greg, Charlotte a eu beaucoup de mal à s'en sortir. Il ne lui a jamais versé de pension alimentaire. C'est pour ça qu'elle a été obligée de louer une partie des chambres.

— Décidément, mon père est un type formidable. D'un autre côté, ça me rassure de constater qu'il n'en avait pas seulement contre moi… si tu vois ce que je veux dire.

— Oui, je vois.

— En tout cas, je ne prendrai plus les Tanberry pour des privilégiées !

— D'une certaine manière, leur enfance a été plus facile que la nôtre. Mais elles ont connu leur part de difficultés. Avant de partir au bout du monde, Honey a complètement déraillé. Elle a fugué plusieurs fois. Elle a même volé de l'argent dans le tiroir de la cuisine. La police l'a rattrapée à l'aéroport alors qu'elle essayait d'acheter un billet pour l'Australie.

— La police ? Waouh !

— Il n'y a pas de quoi s'extasier. Les services sociaux

ont failli la placer en foyer. Et pendant son séjour chez votre père, elle a été victime de cyber-harcèlement. Elle a beau paraître sûre d'elle, elle reste très fragile.

Je hoche la tête, abasourdi. Je ne me doutais pas que la rébellion de Honey avait pris de telles proportions. Nous avons peut-être davantage de points communs que je ne le croyais.

Maman me supplie sans arrêt de me contrôler. « Si tu continues, on va me retirer ta garde, m'a-t-elle dit un jour à Manchester, alors que j'avais failli être renvoyé du collège. Je suis une mère célibataire, Cookie. Ils vont considérer que je ne suis pas capable d'assurer ton éducation. » Après ça, j'ai fait des efforts. Je ne voulais pas être séparé de ma famille.

– Il y a deux ans, poursuit Cherry, Summer a passé une audition pour intégrer l'une des plus grandes écoles de danse du pays. Elle a toujours rêvé de devenir danseuse. Mais elle s'est imposé une telle pression qu'elle a fini par craquer. Aujourd'hui, elle est encore suivie dans une clinique qui traite les troubles du comportement alimentaire. Elle va mieux, mais tu vois, elle non plus n'est pas parfaite.

Je songe aux grands yeux tristes de Summer, à sa silhouette gracieuse mais frêle. Je commence à comprendre.

– Elle est anorexique, c'est ça ?
– Sa maladie a failli la tuer et a mis un terme à tous

ses espoirs. Elle s'est rendu compte qu'elle n'était pas capable d'accomplir son rêve.

– Pauvre Summer…

– Skye et Coco s'en sortent bien. Skye est passionnée par l'histoire et les vêtements vintage ; quant à Coco, elle est dingue des animaux et voudrait sauver la planète. Elles sont adorables et très drôles.

– Et toi ?

– Depuis que je vis ici, ça va. J'ai arrêté de raconter des mensonges à tort et à travers, et je ne renverse plus mon assiette sur la tête des gens.

– Hum, je vais quand même me tenir à distance, au cas où !

– En effet, c'est plus prudent. Je te verrais bien avec des spaghettis plein les cheveux.

Elle garde son sérieux pendant dix secondes, puis nous éclatons de rire. Cherry me comprend mieux que quiconque ici – sans doute parce qu'elle a vécu la même chose que moi.

– Allez, reviens dans la maison, le tournage va commencer. Moi non plus je n'étais pas très motivée au début, mais je parie que ça va être sympa.

– Je n'en suis pas si sûr… Comment vous faites pour supporter ces cadreurs qui traînent dans tous les coins ? Ils vous filment aussi dans les toilettes ?

– J'espère que non ! Les autres sont ravis de vivre leur quart d'heure de célébrité, mais moi, je suis un peu comme toi : je préfère rester dans l'ombre. Enfin, il faut qu'on y aille, sinon ça paraîtra bizarre. Et puis, c'est important pour papa et Charlotte. Ils connaissent Nikki et ils lui font confiance. Elle n'est pas du genre à produire une émission racoleuse, et les grandes lignes du scénario sont déjà tracées.

– Oui, c'est ce que m'a expliqué Honey. C'est dingue ! Ils nous font croire que c'est un docu-réalité, alors que les scènes sont écrites à l'avance.

– Pas exactement, on peut quand même dire ce qu'on veut. Et les scènes comme celle de la grosse commande qu'on tourne aujourd'hui ont réellement eu lieu. Ils trichent juste un peu sur la chronologie pour rendre l'histoire plus attrayante, jusqu'à l'apothéose finale du festival.

– Quel festival ?

– Celui qu'on a organisé il y a deux ans, lors de la création de la chocolaterie, dans le cadre d'une semaine de promotion des spécialités régionales. Les producteurs nous ont proposé de faire une seconde édition samedi prochain. Tout le village devrait venir. Tu crois que tu seras encore dans le coin ?

Je hausse les épaules sans répondre, car ça me paraît peu probable. J'espère convaincre mon père de payer les réparations du Dragon de Papier avant ça. Sinon je préfère ne pas penser à ce qui arrivera.

Et si les choses tournent mal, rien ne m'oblige à

rentrer. D'ici samedi prochain, je pourrais filer en stop jusqu'en Albanie. Les présentateurs du journal télévisé évoqueraient ma mystérieuse disparition et montreraient mon dernier portrait du collège – une photo horrible où j'ai une chemise froissée, les cheveux trop longs et l'air d'un gamin de onze ans. Génial. Il y aurait peut-être une interview de maman en larmes, et de mamie disant à quel point j'étais un petit-fils adorable. Sheddie rôderait à l'arrière-plan, tête basse, conscient de sa part de responsabilité.

Bon, en fait, il y aurait plus de chances pour que maman se mette en colère et que mamie déclare aux journalistes que j'ai toujours été un voyou, comme mon père. Ma famille serait bien mieux sans moi. Elle finirait par m'oublier, ou repenserait de temps à autre avec émotion à cet adolescent rebelle disparu dans la nuit en quête d'une vie plus belle sans yourte ni soupe à l'ortie.

– Et si ta mère et tes sœurs nous rejoignaient pour le festival ? me propose Cherry.

– Bof.

– Vous êtes fâchés ? Qu'est-ce qui s'est passé ?

Je pousse un gros soupir. Je pourrais me confier à elle, lui parler de Sheddie qui, en ce moment même, doit traverser Londres en sandales de hippie pour aller séduire ma famille avec ses histoires de potager et de tai-chi à la noix. Je pourrais lui raconter comment j'ai provoqué la ruine du restaurant de Mr Zhao parce que mamie a eu la mauvaise idée de prendre le métro ce jour-là.

Je pourrais lui dire que maman s'épuise à la tâche dans sa robe chinoise en soie noire, jonglant avec les assiettes de nouilles sautées et de riz cantonais en rêvant d'un avenir meilleur. Lui expliquer comment Isla a abandonné ses poupées dans la baignoire pour aller s'acheter des gâteaux et faire de la balançoire, et pourquoi Maisie a accepté de me couvrir tout en menant la vie dure à Sheddie.

Je pourrais lui avouer que, dans une semaine exactement, ma famille se retrouvera à la rue par ma faute.

Après avoir dévisagé Cherry, je décide que je peux lui faire confiance.

– C'est une longue histoire, mais… voilà. J'ai plus ou moins fugué de chez moi.

12

Avant que j'aie le temps d'en dire plus, une voix s'élève entre les arbres.

– Cookie ? Où es-tu ?

Honey apparaît, suivie de Fred et de Joyeux Noël. Le charme est rompu.

– Je me demandais où tu étais caché, continue-t-elle. Oh, Cherry... Qu'est-ce que tu fais là ?

– On discutait, je lui réponds en sautant des marches de la roulotte. Maintenant, je sais tout sur ta folle jeunesse !

Le sourire de Honey s'efface, et je me rends compte que j'ai encore mis les pieds dans le plat.

– Qu'est-ce que tu as été raconter ? lance-t-elle à Cherry d'un ton agressif. Tu n'as aucun droit de parler de moi ; ma vie ne te regarde pas !

– Je n'ai rien révélé, soupire Cherry. J'ai juste...

– Du calme, j'interviens. Je plaisantais, Honey ! C'est toi qui m'as avoué que tu avais fait des bêtises.

Cherry me parlait simplement du documentaire et de la chocolaterie.

Honey finit par se radoucir – heureusement, car je suis à bout d'arguments. Elle se tourne vers Cherry avec un air coupable.

– D'accord, d'accord. Cookie a touché un point sensible, mais il ne pouvait pas le savoir. Désolée, Cherry…

– Pas de souci, souffle celle-ci, incapable de la regarder dans les yeux.

Je me demande quelle vieille rancœur j'ai ravivée par ma maladresse. De toute évidence, il règne une certaine hostilité entre les deux filles. Cherry avait raison – à Tanglewood, il ne faut pas se fier aux apparences.

– Bref, reprend Honey. On est prêts à tourner la scène de la commande urgente avec les figurants. Venez – pas question de vous défiler ! La maquilleuse a voulu mettre du fond de teint à Tommy, qui n'a pas trop apprécié ! Attends un peu qu'elle t'attrape, Cookie… je sens qu'on va rigoler !

Cette perspective ne m'amuse absolument pas, mais je lui promets de faire de mon mieux.

Remplir des dizaines de boîtes de chocolats devant des caméras est un bon moyen de faire connaissance. Une fois la séance terminée, je sais tout du goût de Tommy pour les blagues douteuses, du renard à trois pattes adopté par Stevie et des grands rêves de carrière musicale de Shay.

L'équipe commence par filmer quelques scènes prévues au script, comme celle où Paddy, Charlotte et Sandy se lamentent parce qu'ils ne réussiront jamais à finir la commande à temps, puis celle où Honey téléphone à un interlocuteur imaginaire pour lui demander de ramener de l'aide.

Ensuite, notre petit groupe arrive par l'allée de gravier, chaleureusement accueilli par la famille qui nous remercie de lui sauver la vie.

— Dommage que les baleines ne puissent pas en dire autant, déclare Coco. Elles sont en voie de disparition, je vous signale !

J'ai comme l'impression que ce commentaire sera coupé au montage — mais on ne sait jamais.

Nous nous rassemblons ensuite dans la cuisine, où la femme au bloc-notes nous dispose de façon à ce que les caméras filment nos visages. On nous charge de fermer les petites boîtes avec des rubans, puis de les ranger dans des caisses — rien de trop fatigant, surtout que nous avons le droit de discuter. J'incarne un cousin éloigné. Franchement, si j'avais su que jouer la comédie était aussi amusant, je me serais inscrit au club de théâtre depuis des années !

Qui sait, je deviendrai peut-être une star de la télé, même si je suis encore un peu surpris lorsque les caméras se rapprochent ou que les perchistes tendent leurs micros au-dessus de nos têtes. Un peu plus tard, on demande à Shay de s'asseoir sur l'évier pour chanter une de ses chansons.

– Détends-toi, lui conseille Nikki. Imagine que tu organises un concert improvisé pour encourager tes amis.

Shay fait de son mieux pour paraître à l'aise, mais je le plains. Ça ne doit pas être facile de jouer de la guitare dans cette position. À un moment donné, il renverse la bouteille de produit vaisselle, et l'équipe est obligée de recommencer la prise. Shay a une belle voix, et sa chanson des tonalités folk plutôt cool. Impressionné, je me tourne vers Cherry.

– Je pensais qu'il se vantait lorsqu'il parlait d'en faire son métier, mais il aurait largement le niveau pour passer dans *The Voice*!

– Je ne suis pas certaine que ce soit son truc, me répond-elle en riant, mais oui, il est doué. Une de ses compositions a été utilisée pour le générique d'un téléfilm, l'année dernière. Ce documentaire pourrait lui permettre de percer. Il jouera aussi pendant le festival – et pas sur un évier, cette fois!

– Génial!

Enfin, la journée se termine et l'équipe remballe son matériel. Notre petite bande se disperse, mais personne ne semble avoir envie de rentrer. Honey propose une nouvelle fois d'improviser une fête sur la plage, et les autres sont partants. Les filles réchauffent des pizzas, quelqu'un prépare un saladier de salade de fruits, et à mon grand soulagement, la limonade est remplacée par du sirop.

Nous emportons nos provisions au pied de la falaise. J'ai l'impression de m'être égaré sur le tournage d'une série pour adolescents, au milieu de ces jeunes qui mangent, discutent et prennent le soleil. Alors que je m'apprête à me servir du dessert, Coco et les jumelles se lèvent pour nous gratifier d'un discours.

– Nous nous tenons aujourd'hui devant... euh, vous, commence Coco, parce nous voulions profiter de cette magnifique journée pour accueillir comme il se doit notre...

– Cousin, la coupe Honey. Notre cousin perdu de vue depuis longtemps.

– C'est ce que j'allais dire ! proteste Coco.

Certains de leurs amis échangent des regards surpris, mais personne ne fait aucun commentaire. Apparemment, les événements inattendus et l'arrivée de cousins oubliés sont monnaie courante à Tanglewood.

– Vous ne le savez sans doute pas, enchaîne Skye, mais jusqu'à hier, une bonne partie de notre famille ignorait l'existence de Cookie. Quand il a débarqué sans prévenir, ça nous a fait un choc. Nous tenions donc à te dédier cette fête, Cookie, pour que tu saches que nous sommes très, très, très heureux de t'avoir parmi nous !

Elle rougit et se cache derrière une mèche de cheveux. Sa jumelle prend le relais.

— Les cousins, on n'en a jamais assez. Alors nous sommes ravis de t'accueillir à Tanglewood, et nous espérons que tu pourras rester assez longtemps pour qu'on apprenne à te connaître. C'est vraiment super d'apprendre que nous sommes liés par le sang. Voilà !

Ému que mes sœurs aient tenu à marquer le coup de cette façon, je les remercie d'un immense sourire.

Coco, la plus jeune, s'avance de nouveau.

— Je déclare maintenant la fête de la plage *ouverte* !

Shay prend sa guitare, Tommy et quelques garçons entament un match de foot, et les autres courent se jeter dans l'eau. Je ne suis pas pressé de les rejoindre, car je me suis déjà baigné ce matin, comme me le rappelle mon jean encore humide. Je reste donc allongé au soleil.

— Alors, petit frère, elle te plaît, ta fête ? me demande Honey. Désolée de t'avoir rétrogradé au rang de simple cousin, mais on a pensé que tu préférerais rester discret. Ça ne regarde personne, pas vrai ? En tout cas, ceci n'est qu'un avant-goût de la soirée prévue samedi prochain, après le festival. Ce sera mémorable !

— Je serai déjà parti.

— Pourquoi ? Rien ne t'y oblige.

– C'est compliqué. Je ne peux pas vraiment t'expliquer pour le moment, mais ça viendra, promis. Disons simplement que mon temps est compté, et que je ne peux pas me permettre de me laisser distraire.

– Tu es sûr ? C'est le mois d'août, et tu es sur la plus belle plage du Somerset. Tu devrais en profiter !

– J'en ai bien l'intention, ne t'inquiète pas ! C'est juste que j'ai pas mal de soucis en tête. Maintenant que je sais qui est mon père, il faut absolument que je le contacte au plus vite...

– On n'aura qu'à l'appeler sur Skype pour lui présenter son fils perdu. Mais ça risque de lui faire un choc. Peut-être qu'un coup de téléphone ou un e-mail seraient plus adaptés ?

– Je préférerais communiquer par écrit. J'ai beaucoup de choses à lui dire, et je voudrais qu'il ait le temps d'y réfléchir. J'aurais besoin de son adresse e-mail.

– Bien sûr. Juste un détail... papa non plus ne sait pas que j'ai découvert ton existence. C'est sa copine – et ancienne secrétaire – qui a vendu la mèche un jour où elle était fâchée. À ta naissance, il l'avait chargée d'envoyer un virement à ta mère.

J'essaie de faire le tri dans ce flot d'informations.

– Je pensais qu'elle mentait, poursuit Honey, jusqu'à ce que je fouille dans le bureau de papa la veille de mon départ. Je suis tombée sur une vieille mallette qui contenait des documents te concernant. Mais j'ai préféré ne pas lui en parler, parce que c'était déjà tendu entre nous et que je ne voulais pas en rajouter. Tu comprends ?

— Évidemment, ne t'en fais pas. De toute façon, je tiens à le lui annoncer moi-même. Cette histoire ne regarde que lui et moi, tu n'y es pour rien.

Honey semble soulagée. Je me rends compte que, malgré tous ses défauts, elle a encore désespérément besoin de l'approbation de son père. Comment a-t-il pu causer tant de mal autour de lui ?

Elle m'emprunte mon portable pour y noter l'adresse e-mail de Greg Tanberry. Ma main tremble un peu lorsque je le récupère. J'ai envie d'écrire sur-le-champ, mais ce n'est ni le moment ni l'endroit. En plus, ça ne servirait à rien : avec le décalage horaire, il doit encore dormir à cette heure-ci.

Je contemple l'horizon derrière lequel se cache un monde que je suis incapable d'imaginer ; un monde où mon père m'attend peut-être.

— Tiens, tu as changé d'avis ? me taquine Honey, pensant que je regarde l'océan. Tu n'as qu'à remonter les jambes de ton jean et venir te mouiller les pieds.

Je finis par céder, irrésistiblement attiré par les vagues bleu turquoise, après m'être déchaussé et avoir glissé mon téléphone dans une de mes baskets.

Dès qu'ils me voient approcher, les garçons me tombent dessus et m'entraînent dans une bataille d'eau. Deux minutes plus tard, je me retrouve à quatre pattes, trempé comme une soupe et les menaçant de représailles entre deux crises de fou rire. Même si nous nous connaissons à peine, un lien très fort s'est déjà tissé entre nous. Shay, Tommy, Stevie et les autres sont des gens bien – tout comme la famille Tanberry-Costello. En fait, ces quelques jours chez eux sont loin d'être une épreuve.

J'inspire à pleins poumons le parfum de la crème solaire et du sable chaud en essayant de ne pas penser à Isla et Maisie. Si elles avaient été là, elles auraient poussé des cris de joie, sauté dans les vagues, construit des châteaux entourés de douves et ornés de coquillages… Au lieu de ça, elles doivent être enfermées dans l'appartement, à résister de leur mieux aux tentatives de séduction du copain de maman.

En fin d'après-midi, Tommy, Stevie et Coco rassemblent du bois pour allumer un feu de camp. Bientôt, l'odeur de la fumée ajoute une nouvelle touche de magie à cette journée.

Summer me demande si j'ai déjà vu un ballet à l'opéra de Londres. Je suis forcé de lui avouer qu'en deux ans, je ne suis même pas allé une seule fois au cinéma. Puis Skye me parle de ses boutiques vintage préférées, et je fais semblant de comprendre de quoi il s'agit. J'ai l'impression que ce sont des espèces de friperies. Coco m'explique ensuite que le réchauffement climatique est en train de faire fondre la banquise et que plus personne ne devrait manger de viande. Je lui réponds que le copain de ma mère, professeur de tai-chi et sculpteur sur bois à ses heures perdues, est végétarien lui aussi. Elle s'exclame qu'il a l'air chouette, et la conversation s'arrête là.

Il y a des sujets qu'il vaut mieux éviter.

Pour finir, je retire mon tee-shirt mouillé, me badigeonne de crème solaire et m'approprie un coin de la couverture que Cherry partage avec Shay. Étendu sur le dos, je ferme les yeux et me laisse bercer par le son de la guitare sans plus penser à rien.

13

J'ai dû emprunter à Paddy un pyjama à carreaux écossais dix fois trop grand pendant que mon jean passait à la machine. Ce matin, en allant le récupérer, je constate que la tache de sauce soja a disparu. Ça me rend un peu triste, car ça me rappelle combien je suis loin du restaurant et de chez moi.

Dans la maison silencieuse, les bols du petit déjeuner sont encore entassés à côté de l'évier. On dirait que tout le monde est parti précipitamment. Je me sers des céréales, un peu gêné de jouer ainsi les intrus. Pour compenser, je décide de faire la vaisselle. Je ne voudrais pas que mes hôtes me prennent pour un profiteur.

Plus tard, je mets mon jean à sécher sur une branche de cerisier près de la roulotte. Les jambes flottent au vent comme des drapeaux.

Il est 11 h 32, et je n'ai toujours pas de réponse au

message que j'ai envoyé à Greg Tanberry avant de me coucher hier soir.

Cher Monsieur Tanberry,
Je sais que cette lettre va vous faire un choc, mais ça ne sera jamais pire que ce que j'ai ressenti en apprenant qui vous étiez. Je vous écris parce que je pense être votre fils. Ma mère, Alison Cooke, a travaillé pour vous il y a quatorze ou quinze ans. La suite de l'histoire, vous la connaissez mieux que moi. Je m'appelle Jake Cooke et j'ai quatorze ans – ça aussi, vous le savez sans doute déjà. J'ai encore du mal à m'habituer à l'idée d'avoir un père qui vit au bout du monde. J'ai beaucoup de choses à vous dire et un service à vous demander; mais, pour le moment, je voulais juste me présenter.
J'espère avoir bientôt de vos nouvelles,
Bien à vous,
Jake Cooke

Je vérifie ma boîte mail pour la dix-septième fois – toujours rien. Je me répète que je dois être patient, tout en cliquant sur «actualiser» au cas où un message serait arrivé dans les trente dernières secondes. Ce n'est pas le cas.
– Hé, Cookie!
Cherry s'avance vers la roulotte avec un sac de courses.

— Salut ! Je me demandais où vous étiez. La maison est déserte. Qu'est-ce qui se passe ?

— Rien de spécial ; c'est un lundi de vacances comme un autre. Honey est encore au lit, Paddy travaille à l'atelier, Coco a emmené Coconut sur la plage, et Charlotte a déposé Summer à l'école de danse de Minehead. Elle y a encadré un stage pour enfants la semaine dernière, mais ça n'a pas dû lui suffire puisqu'elle a tenu à y retourner aujourd'hui ! Skye a rejoint Millie et Tina en ville, et moi j'ai accompagné Charlotte au supermarché. On t'a pris deux ou trois choses !

— Vraiment ?

— Ce ne sont que des bricoles, précise-t-elle en me fourrant le sac dans les bras. Comme tu vas sans doute rester encore un jour ou deux, on s'est dit que tu aurais besoin de vêtements.

Le sac contient deux tee-shirts aux couleurs vives, un jean, un short de plage, des boxers et une paire de tongs. Ça n'a pas dû coûter une fortune, mais ça m'embête que Charlotte dépense de l'argent pour moi.

— Oh non, vous n'auriez pas dû ! je proteste. Je n'ai pas de quoi rembourser Charlotte ; mes économies ne s'élèvent qu'à sept livres et quatre-vingt-douze cents !

— C'est un cadeau. Et pas de panique, tout était en

soldes. Ça t'évitera de devoir porter les affaires de Paddy. Sans vouloir me moquer, tu ne ressembles pas à grand-chose !

— Ah bon ? Je me trouvais pourtant très beau ! Plus sérieusement, merci beaucoup. Et c'est pile ma taille ; comment Charlotte a-t-elle deviné ?

— Elle a vérifié sur ton jean avant de le laver, et j'avais vu la pointure de tes baskets hier à la plage. Pour les tee-shirts, on a choisi un peu au hasard.

— Cool. Qu'est-ce que je pourrais faire en échange ? Cueillir des fleurs pour Charlotte ? Tondre la pelouse ? J'aimerais vous montrer à tous combien je vous suis reconnaissant de votre accueil.

— Il reste encore pas mal de déco et de gâteaux à préparer pour le festival. Jeudi, on va nous livrer un grand chapiteau qu'il faudra monter. Et papa parlait aussi d'installer une petite scène sous les arbres, mais je ne suis pas sûre qu'il ait le temps de s'en occuper. Il va passer ses journées à l'atelier pour s'assurer qu'on ait suffisamment de stock. Enfin, ce n'est pas indispensable ; la dernière fois, on a fait sans.

— Moi je pourrais en construire une, de scène ! Je suis assez doué pour le bricolage. Si c'était une option au collège, j'aurais une meilleure moyenne !

Et je sécherais sans doute moins les cours – mais ça, je le garde pour moi. Cherry me conduit vers l'endroit où Paddy a prévu de faire jouer les musiciens.

— En plus de Shay, on a invité des groupes locaux. Une scène ferait plus pro et permettrait aux gens de mieux se repérer sur le site. Tu te sens vraiment capable de t'en charger ?

— Bien sûr. Par contre, il me faudrait un peu de matériel, comme de vieilles caisses en bois ou des chutes de planches.

— Il y a une réserve remplie de bazar à côté du box de Coconut. Prends-y ce que tu veux. Papa sera ravi si tu réussis à en faire quelque chose, et ça n'a pas besoin d'être très élaboré.

— Tu peux compter sur moi !

Cherry s'assied sur une souche.

— Alors, c'est vrai ce que tu m'as dit hier ? Tu as fugué ?

— En effet.

— Mais je ne comprends pas… Papa a pourtant discuté avec ta mère, le premier soir.

— C'est ce qu'il croit ! En fait, je lui ai donné le numéro de mon portable. Honey a décroché en prenant un faux accent, et il est tombé dans le panneau.

— Ça ne m'étonne pas d'elle ! Elle a dû adorer jouer ce tour à mon père. En tout cas, ça a fonctionné ; à part elle et moi, personne ne se doute que tu es en fuite.

— Promets-moi de garder ça pour toi, hein !

— Ne t'inquiète pas, Cookie. Je suppose que tu as de bonnes raisons pour agir ainsi.

— On peut dire ça.

C'est fou comme je suis à l'aise avec Cherry, alors que je la connais à peine. Je lui décris la catastrophe du restaurant et la salle de bains transformée en scène de crime. Abasourdie, elle ne m'interrompt qu'une seule fois, quand je mentionne la yourte de Sheddie.

– Trop génial !

– Euh, non, pas franchement.

– Pardon. C'est vrai que tu ne l'as pas choisi.

Je lui explique ensuite que Mr Zhao a l'intention de fermer son restaurant et de nous jeter dehors.

– C'est pour ça que maman veut emménager avec Sheddie. Elle n'a pas d'autre solution !

– Tu lui as posé la question ? Tu es sûr que c'est la seule raison ?

– Non, mais c'est évident. Elle se retrouve sans travail ni logement, et comme par hasard, voilà qu'un hippie dont elle ne nous avait jamais parlé propose de nous héberger. Ça ne peut pas être une coïncidence !

– Je comprends que tu t'inquiètes, mais tu n'étais pas obligé de fuguer pour autant. Pourquoi venir ici, alors que ta famille a besoin de toi ?

Je lui confie que je pensais demander à mon père de quoi rembourser notre propriétaire.

– Il nous doit bien ça. Ma mère n'a reçu qu'un seul virement de sa part, juste après ma naissance. Au bout d'un an, elle avait tout dépensé.

– Hum, il a fait pareil avec Charlotte. Il était censé

lui verser une pension alimentaire, mais elle n'en a quasiment jamais vu la couleur. Quand on a emménagé ici, elle avait beaucoup de mal à joindre les deux bouts. Le bed and breakfast lui rapportait à peine de quoi nourrir ses filles, et elle ne pouvait s'autoriser aucun écart. Heureusement, papa et elle ont obtenu un prêt pour La Boîte de Chocolats, et leur affaire a très vite marché.

— Ton père a l'air vraiment cool. Rien à voir avec le mien.

— Tu l'as déjà contacté ou pas ?

— Je lui ai envoyé un e-mail auquel il n'a pas encore répondu. Il doit être en train de vérifier que je ne lui raconte pas de bêtises. Ou alors, il espère que je finirai par abandonner. Mais je ne peux pas me le permettre. Croisons les doigts pour qu'il lui reste une once d'humanité.

— La générosité n'est pas sa plus grande qualité, mais il doit quand même avoir une conscience. Bonne chance pour ton plan, Cookie. Essaie simplement de ne pas être trop déçu s'il ne fonctionne pas.

— Ça fonctionnera. Je n'ai pas le choix. Tu ne comprends pas, Cherry – il faut absolument que j'arrange les choses !

Elle penche la tête sur le côté d'un air songeur.

— Tu t'en veux beaucoup, on dirait. Pourtant, ce n'était qu'un malheureux accident !

– Non, c'est ma faute. Maman m'avait confié mes sœurs, et je n'ai pas été à la hauteur. Mes décisions ont eu de graves conséquences. Et contrairement à mon père, j'ai la ferme intention de les assumer.

– C'est tout à ton honneur. Même si je reste convaincue que tu n'y es pour rien !

– Tu es trop gentille. Au fond, c'était peut-être le destin. Pile au moment où je ne voyais plus quoi faire, le billet de train envoyé par Honey et la prédiction du fortune cookie se sont détachés du mur. C'était forcément un signe !

– Qui sait... Mais tu n'as pas peur que ta mère finisse par se poser des questions ?

– Elle croit que je passe quelques jours chez un copain. Ce n'est pas la première fois que je disparais.

De toute façon, elle est tellement occupée par la visite de Sheddie que ma petite personne doit avoir été reléguée au second plan. Et d'ici à ce qu'elle découvre le pot aux roses, j'aurai récupéré de quoi faire diparaître nos soucis.

Cherry n'a pas l'air convaincue. J'insiste :

– Mon père est mon seul recours. Je comprends que Mr Zhao nous en veuille, le pauvre, mais je ne peux pas le laisser nous expulser. Et je refuse que maman s'installe avec un homme pour de mauvaises raisons. Tu t'imagines aller vivre sous une yourte avec quelqu'un que tu n'as jamais vu ?

– Non, bien sûr ! reconnaît Cherry. Tu peux compter sur moi. Même si, à mon avis, tu ferais mieux d'aller voir papa et Charlotte.

– Jamais de la vie ! je m'exclame avec véhémence. Ils ont beau être super sympas, je n'ai pas envie de leur confier mes problèmes. Les adultes sont rarement de bon conseil dans ces cas-là. Ils se mêlent de tout et ne font qu'empirer les choses. Je parie qu'ils insisteraient pour appeler maman, qui m'interdirait de contacter mon père, et on se retrouverait au point de départ. Non merci ! Je ne leur dirai rien, et toi non plus, d'accord ? Tu as promis.

– Ne t'en fais pas, me rassure-t-elle. Je tiens toujours mes promesses. Je n'en parlerai à personne, pas même à Shay. Bon, il est temps que j'aille aider papa à l'atelier ; préviens-nous quand tu te lanceras dans la construction de la scène. Tommy, Shay ou Stevie pourront peut-être te donner un coup de main.

– Je vais aller jeter un œil à la réserve. Ça m'occupera l'esprit en attendant que mon père daigne me répondre.

Je me force à sourire, mais j'ai le cœur lourd. Je me fais peut-être trop d'illusions.

– Ça va aller, Cookie, me lance Cherry avant de partir. Tiens bon.

J'espère qu'elle a raison.

14

Une fois seul, je vérifie de nouveau mon portable. J'ai reçu un texto de Maisie me demandant de l'appeler, et un de maman disant qu'elle comprend mon besoin d'espace, mais qu'elle aimerait que je rentre parce que je lui manque et que nous sommes censés déménager samedi. Elle ajoute que j'ai mal choisi mon moment pour disparaître.

Attends un peu que je revienne avec de quoi sauver Le Dragon de Papier et nous éviter l'expulsion, je songe. *On verra si j'ai mal choisi mon moment...*

Bien sûr, ce n'est pas ce que je lui réponds. À la place, je tape :

Je rentrerai dès que ton idiot de copain sera parti.

C'est un peu méchant, mais je suis de mauvaise humeur. Pourquoi faut-il toujours qu'elle tombe sur des hommes qui ne lui conviennent pas ?

Puis je téléphone à Maisie, qui décroche à la première sonnerie.

– Salut, Tara !

Il ne lui aura pas fallu longtemps pour s'habituer au mensonge. Et j'ai bien l'impression qu'elle s'est définitivement approprié le portable réservé aux cas d'urgence.

– J'avais hâte que tu m'appelles, déclare-t-elle. Tu ne devineras jamais où on est… au zoo !

– Quoi ? Au zoo ? Comment ça se fait ?

– Attends, Tara, je vais aller m'asseoir devant l'enclos des pingouins, c'est mon préféré. On passe une super journée ! Oh, les autres vont acheter des glaces… Vous pouvez me prendre un cornet vanille avec du coulis de fraises, s'il vous plaît ?

– Quels autres ? Tu es avec qui ?

– Maman, Isla et Sheddie. Il est trop cool, Cookie. Je suis sûre qu'il te plairait !

– Ça m'étonnerait ! Tu es sûre qu'ils ne peuvent pas t'entendre, Maisie ? Fais attention !

– Ils sont partis faire la queue devant le stand du glacier. La file est très longue, ne t'inquiète pas !

– Comment veux-tu que je ne m'inquiète pas ? Je croyais que vous deviez être odieuses avec Sheddie pour qu'il vous déteste.

– Oui, mais… notre plan n'a pas fonctionné, parce qu'il est vraiment gentil. Il nous a demandé où on rêverait d'aller, et hop, nous voilà au zoo ! Même s'il préfère les réserves où les animaux sont en liberté. Il nous a proposé de parrainer un tigre par le biais d'une association. On recevra une photo de notre filleul et une peluche. Cool, non ?

– Sheddie est notre ennemi, Maisie. Comment peux-tu le trouver gentil alors qu'il veut nous emmener vivre sous une tente pourrie à Millford ?

– Pas une tente, une yourte ! Et il nous a montré des photos, elle est très chouette. Il y a un petit poêle à bois, des guirlandes lumineuses, de vrais lits avec de grosses couvertures et des tapis indiens par terre. Et puis c'est juste en attendant qu'il ait fini de retaper la maison. Il nous a tout expliqué. Ce n'est pas ce qu'on croyait, Cookie !

– Je le déteste quand même ! Je n'arrive pas à croire que tu te sois laissé embobiner, Maisie.

– Il n'y a que les imbéciles qui ne changent pas d'avis. Et de ton côté, quoi de neuf ?

– Je suis en train d'aider à organiser un festival sur le thème du chocolat !

– Un festival ? Waouh ! Mais tu comptes revenir quand ? On a déjà commencé les cartons, il ne reste plus que tes affaires à emballer. Maman dit que si ça continue, elle va téléphoner à la mère de Harry et envoyer Sheddie te chercher.

– Il faut que tu l'en empêches ! Trouve une excuse,

n'importe laquelle, ou je suis fichu. Encore un jour ou deux, et tout sera arrangé. Tiens bon, Maisie !

– Ah, les voilà qui reviennent avec les glaces ! Il faut que je te laisse. Bye !

Elle raccroche, me laissant seul avec mes doutes. Pour finir, je renonce à attendre un message de mon père et décide de me montrer plus direct.

Salut papa,
Je peux t'appeler comme ça, pas vrai ? Et puis le vouvoiement, ça fait vraiment trop formel. Tu as dû avoir le temps de lire mon premier e-mail. Je suppose que tu as été surpris de recevoir de mes nouvelles après tant d'années – mais j'espère que c'était une bonne surprise. Ce n'est pas comme si tu découvrais mon existence. En tout cas, ce serait super si tu pouvais me répondre assez vite – j'ai quelque chose à te demander, et c'est plutôt urgent.
Bien à toi,
Jake

Après avoir cliqué sur « envoyer », je fixe l'écran de mon téléphone comme si je pouvais faire apparaître une réponse par la seule force de ma volonté. Rien ne se passe.

La frustration m'envahit, accompagnée d'une pointe de désespoir. Je n'ai décidément pas l'étoffe d'un super-héros. Ou alors, Cherry avait raison, et mon plan n'est pas aussi infaillible que je l'imaginais. Je n'arrive pas à croire que ce loser de Sheddie ait réussi à se mettre mes sœurs dans la poche avec une balade au zoo, une glace et la promesse d'une peluche de tigre.

À ce rythme, elles choisiront leurs robes de demoiselles d'honneur d'ici une semaine. Cette pensée me fait froid dans le dos.

J'ai besoin de me changer les idées, et, pour ça, le mieux est de me rendre utile. Je me dirige donc vers l'atelier, où j'annonce à Paddy que je vais essayer de construire une petite scène.

— Tu es sûr ? me demande-t-il en retirant son tablier. Ce serait formidable. Tu peux prendre ce que tu veux à côté. Je t'aurais volontiers donné un coup de main, mais je ne vais malheureusement pas avoir le temps.

— Aucun problème, j'aime bien travailler seul.

Il me conduit à la réserve, une ancienne écurie dans laquelle sont entassés des cageots, des caisses et des palettes. Des planches de bois exotique, de contre-plaqué et de pin sont rangées le long d'un mur, en face d'étagères couvertes de scies, de bocaux de clous, de pinceaux et de boîtes de peinture entamées.

— Génial ! je m'exclame. Avec tout ça, je devrais pouvoir fabriquer quelque chose de chouette.

— Fais comme chez toi. Par contre, attention avec les outils. Rien d'électrique, d'accord ? Je ne voudrais pas que ta mère me botte les fesses parce que je t'ai laissé jouer avec une scie sauteuse !

— Je me débrouillerai sans ! Et je serai prudent, promis.

— Parfait. Merci beaucoup pour ton aide, Cookie. J'aurais aimé m'en occuper moi-même, mais je viens de trouver une nouvelle recette !

Il passe sa main dans ses cheveux ébouriffés qui lui donnent l'air d'un savant fou.

— Le plus important, c'est d'innover, poursuit-il. Toutes les idées méritent d'être creusées. J'ai déjà essayé pas mal de choses : des chocolats au curry, à la marmelade, à la muscade, à la cannelle ou au thé Earl Grey. J'ai même testé un mélange beurre de cacahuètes et piments du jardin. Le résultat n'est pas toujours terrible, mais ces expérimentations font partie du plaisir. Et cette fois, je crois que je tiens un parfum qui pourrait fonctionner.

— Ah oui, lequel ?

— C'est top secret ! Je te le ferai peut-être goûter plus tard. Demain, l'équipe de télévision va filmer l'ensemble du processus de fabrication ; si ça marche, il y a de fortes chances pour que les gens s'arrachent ce nouveau chocolat qu'ils auront vu à la télé.

Sur ces mots, Paddy retourne à l'atelier tandis que je me mets au travail. Je commence par transporter de vieilles palettes et des caisses jusqu'à l'étendue de pelouse indiquée par Cherry. Je suis heureux d'avoir une tâche à accomplir, et tout l'après-midi devant moi. C'est la première fois que je m'attelle à un projet de cette ampleur, bien que j'aie déjà installé des étagères, réparé le parquet et même posé un nouveau plan de travail dans la cuisine de maman. Je devrais m'en sortir. En plus de m'occuper, ce sera un excellent moyen de remercier les Tanberry-Costello pour leur accueil.

J'entasse des palettes afin d'obtenir une base sur laquelle je cloue ensuite un plancher en contreplaqué. J'ajoute des caisses de chaque côté pour former des marches, puis, après avoir fixé des planches de pin tout autour pour dissimuler les palettes, je recouvre ma scène d'une couche de peinture bleu roi.

Lorsque le soir arrive, je n'ai pas complétement terminé. Mais je dois laisser sécher la peinture avant de pouvoir passer aux finitions. Alors que je suis en train d'entasser les chutes de bois dans une brouette, Paddy vient voir où j'en suis.

— Bravo, Cookie! me félicite-t-il. C'est encore mieux que ce que j'imaginais!

— Je me suis bien amusé, et ça m'a permis de bronzer un peu. Je peaufinerai tout ça demain, mais le plus gros est fait.

— C'est vrai que tu as pris des couleurs. On est en pleine vague de chaleur, en ce moment. La météo prévoit des orages en fin de semaine, mais j'espère qu'il fera beau samedi! Tiens, voici une petite récompense pour ton travail. Ça te fera un peu d'argent de poche.

Il me glisse un billet dans la main et s'éloigne sans me laisser le temps de protester.

– Tu l'as amplement mérité, lance-t-il par-dessus son épaule.

En plus d'un superbe bronzage, j'ai donc gagné dix livres. Cette manne inattendue me donne une idée. Je pourrais envoyer une avance à Mr Zhao en attendant que mon père se manifeste – s'il se manifeste un jour.

Le total de mes économies s'élève donc désormais à dix-sept livres et quatre-vingt-douze cents. Je me doute que ça ne suffira pas à réparer le plafond du restaurant, mais ça prouvera à notre propriétaire que je suis désolé. Et peut-être qu'une fois calmé, il renoncera à nous expulser.

Je vais chercher une feuille de papier blanc dans la roulotte afin de lui écrire sans plus tarder.

Cher Monsieur Zhao,
J'aimerais m'excuser (une nouvelle fois) pour les dégâts causés par le débordement de notre baignoire. Croyez-moi, c'était un accident. J'avais taché mon jean au restaurant la veille, mais notre machine à laver était en panne, et je

n'avais pas de quoi aller à la laverie. Surtout, n'en voulez pas à mes sœurs d'avoir laissé les robinets ouverts. Je suis le seul responsable, car j'étais censé les surveiller.
Je suis également désolé d'avoir écrit au rouge à lèvres sur votre vitrine. Je tenais à m'assurer que vous auriez mon message, mais je me rends compte aujourd'hui que j'aurais mieux fait de glisser une lettre sous votre porte. J'oublie souvent de réfléchir avant d'agir – comme pour la baignoire. Sachez que je suis parti en mission secrète pour trouver de quoi réparer votre plafond. Malheureusement, les choses n'avancent pas aussi vite que je le voudrais. Voici donc 17,92 livres pour commencer; le reste suivra dès que possible. S'il vous plaît, ne dites rien à ma mère. Elle ne serait pas contente, et je ne tiens pas à lui révéler où je suis pour ne pas l'inquiéter.
Ne nous jetez pas dehors, par pitié. Je n'ai vraiment pas envie d'aller vivre sous une yourte.
Je vous jure que je n'ai pas fait exprès.
Avec mes plus sincères excuses,
Jake Cooke

Une demi-heure plus tard, je descends au village après avoir obtenu une enveloppe et un timbre en racontant à Charlotte que je souhaitais écrire à ma famille.

15

Même si ma lettre à Mr Zhao me permet de gagner du temps, il faut vraiment que j'accélère les choses du côté de mon père. De retour à la roulotte, je lui envoie un nouvel e-mail.

Cher papa,
Tu te demandes sans doute comment répondre à mes messages. Ça ne doit pas être évident de s'adresser à un enfant qu'on a abandonné avant sa naissance. Mais n'aie pas peur: je ne cherche pas à régler des comptes avec toi. La vie n'a pas toujours été facile à la maison. Maman avait parfois du mal à nous nourrir, mais elle est formidable et elle a su compenser ton absence. Alors je te pardonne. D'ailleurs, j'ai même une idée pour que tu te rattrapes après ces années de silence. Je pense que ça te ferait du bien, et moi, ça me soulagerait d'un grand poids. S'il te plaît, cesse d'ignorer mes e-mails et fais-moi signe, afin que je puisse t'en dire plus. Je te jure qu'il

n'y a pas de quoi t'inquiéter.
Ton fils perdu depuis longtemps,
Jake

À chaque fois que j'expédie un nouveau message à destination de l'Australie, mes espoirs s'effritent davantage. Quand j'ai conçu mon plan, j'étais persuadé que Greg Tanberry sauterait sur l'occasion de renouer avec moi et ouvrirait son portefeuille sans hésiter. C'est ce que ferait n'importe quel père, non ?

Sauf le mien, apparemment.

Je ne lui ai jamais rien demandé de ma vie, et c'est la seule personne riche que je connaisse. D'après Honey, il vit dans une villa très chic en banlieue de Sydney ; il a une piscine, une belle voiture et des costumes sur mesure. Il peut sûrement se permettre de faire refaire le plafond du restaurant et la salle de bains – je parie qu'il dépense bien plus chaque année en champagne et en caviar. Il n'aura qu'à se serrer un peu la ceinture pour une fois, et se contenter de cidre et de thon en boîte.

Si seulement il acceptait de me répondre, je sais que j'arriverais à le convaincre. Je lui expliquerais que je ne suis ni en colère ni en quête de revanche. Je n'ai aucune intention d'aller sonner à sa porte ; tout ce que je veux, c'est un petit coup de pouce. Alors je continue à insister, dans l'espoir que sa conscience finisse par avoir raison de ses réticences.

— Cookie ! appelle Honey depuis la maison. Viens manger !

Après le dîner, composé de lasagnes végétariennes et de salade, Paddy et Charlotte retournent travailler pendant que nous mettons la dernière main aux préparatifs du festival. Honey étale ses tubes de peinture sur la grande table de la cuisine afin de fabriquer une série de panneaux ; Cherry rédige les menus du café qui sera installé sous le chapiteau dont elle m'a parlé ; et moi, j'aide Coco à transformer des pots de confiture en lampions. Je la laisse se charger de la partie artistique qui consiste à coller des morceaux de tissu multicolore et des étoiles argentées sous une couche de vernis. Mon rôle se limite à déposer des bougies chauffe-plat à l'intérieur et à leur ajouter de petites poignées en fil de fer.

Pendant ce temps, Skye et Summer retouchent les costumes de fée du précédent festival. Maisie et Isla seraient subjuguées par toutes ces épaisseurs de tulle, de dentelle et de taffetas doré.

— C'est magnifique, je commente. On dirait des robes achetées dans une boutique !

— Skye est très douée pour la couture, me confie Summer. Elle peut fabriquer des tenues sublimes à partir de trois fois rien. Moi, je ne suis que son assistante ! Elle a même travaillé avec la costumière du téléfilm qui a été tourné au village. Si jamais tu te demandes quelle jumelle est la plus géniale des deux, la réponse est simple : c'est elle!

– N'importe quoi! se défend Skye. C'est toi qui es géniale. Tu devrais la voir danser, Cookie. Elle est incroyable. Sans parler de ses innombrables qualités, comme la patience, la gentillesse et l'enthousiasme. Les petites de l'école de danse l'adorent. Elle ferait un excellent professeur!

– D'accord, d'accord, vous êtes toutes les deux géniales, intervient Coco. Mais moi, je vais changer le monde! Je deviendrai célèbre pour avoir sauvé les pandas géants, stoppé le réchauffement climatique ou je ne sais quoi.

– En effet, tu ne sais pas! la taquine Honey. Et toi, Cookie? Pour quoi es-tu doué?

Je fronce les sourcils sans répondre. Je ne crois pas avoir de talent particulier. J'aime bien fabriquer des choses de mes mains, mais je ne suis pas certain que ça compte. Dommage. J'aurais adoré être aussi intéressant que mes nouvelles demi-sœurs.

– Le festival va être épuisant, déclare Coco. On devrait peut-être profiter de nos derniers jours de répit pour faire visiter le coin à Cookie?

– Super idée! acquiesce Honey. Demain, ça vous dirait? On pourrait faire une balade à vélo et pique-niquer dans les collines. Il y a des tas d'endroits sensationnels à découvrir, Cookie – les grottes de contrebandiers, la forêt, le déversoir… ça va être trop chouette !

– Je ne suis pas allée là-bas depuis une éternité, renchérit Summer. Et je parie que Tommy serait partant, lui aussi.

– Oui, comme Stevie, dit Coco. D'après Paddy, il va y avoir de l'orage en fin de semaine. Autant profiter du beau temps avant que ça se gâte !

– Qu'est-ce que tu en penses, Cookie ? me demande Honey.

J'angoisse un peu à l'idée de perdre une journée à m'amuser alors que le temps presse, mais je ne voudrais pas me montrer ingrat.

– Ce sera avec plaisir, je réponds. Je n'ai pas de vélo, mais vous m'en prêterez un !

– Tu n'auras qu'à prendre celui de papa, suggère Cherry. Shay ne travaille pas demain ; je vais lui proposer de se joindre à nous. Il pourrait même apporter sa guitare !

– Youpi, marmonne Honey. Enfin, comme tu veux. Je m'en fiche.

J'ai la sensation qu'au contraire, elle ne s'en fiche pas. Les autres ont l'air gênées, mais Cherry sort malgré tout son téléphone pour envoyer un texto à Shay. C'est bizarre ; ça fait deux ou trois fois que je note un certain malaise entre les deux filles. Pas besoin d'être devin pour comprendre que Honey déteste sa demi-sœur.

Plus tard, alors que j'aide Coco à ranger les lampions dans la buanderie, je lui demande ce qui s'est passé. Elle me regarde, très étonnée.

– Personne ne te l'a expliqué ? Eh bien, disons qu'on marche sur des œufs lorsque Honey est dans les parages. Elle ne peut pas supporter Cherry.

– Ça, j'ai vu, mais pourquoi ?

– Depuis le début, elle en veut à Paddy et à sa fille d'être venus s'installer chez nous. Son séjour en Australie l'a un peu calmée, et, maintenant, elle tolère à peu près notre beau-père. Mais avec Cherry, c'est plus compliqué.

– Comment ça ?

– Eh bien, il y a trois ans, Shay était le petit copain de Honey. Il l'a plaquée pour Cherry.

– Aïe ! Ça n'a pas dû être facile. Enfin, si ça remonte à trois ans, il devrait y avoir prescription.

– Je suis d'accord, surtout que Cherry n'avait rien planifié. Les sentiments, ça ne se contrôle pas. J'ai parfois l'impression que Honey aimerait se réconcilier avec elle, mais qu'elle a du mal à tourner la page. C'est nul, hein ?

Dire qu'une querelle vieille de plusieurs années oppose les deux sœurs qui se sont montrées les plus gentilles et les plus accueillantes avec moi... Je devrais peut-être parler à Honey afin qu'elle comprenne à quel point c'est ridicule.

Nous retournons dans la cuisine, où elle est en train de servir des milk-shakes au chocolat. Paddy et Charlotte nous rejoignent bientôt avec un plateau d'échantillons.

— Les enfants, annonce Paddy, je voudrais vous faire goûter ma dernière création. J'hésite entre deux déclinaisons de ce nouveau parfum et j'aurais besoin de votre avis.

Il fait passer le plateau autour de la table. Certains chocolats sont recouverts de miettes de biscuits façon crumble, et les autres fourrés de pépites croustillantes. Ils sont si crémeux que j'ai du mal à ne pas tout dévorer – et je ne suis pas le seul.

— Doucement, Coco! gronde Honey. Tu vas t'étouffer!

— Je n'y peux rien, c'est trop bon! Qu'est-ce que tu en penses, Cookie?

— Moi je préfère ceux qui croustillent! déclare Skye avant que j'aie pu ouvrir la bouche.

— Et moi les autres! réplique Summer. Ils sont un peu riches, mais j'adore la couche de crumble sur le dessus.

Paddy me dévisage, attendant mon verdict.

— Je suis d'accord avec Summer, même si les deux versions sont à tomber!

— Dans ce cas, va pour les miettes de crumble! Je

voulais que ce soit toi qui décides, Cookie, parce que ce sont les tiens.

Je ne vois pas trop où il veut en venir. Cherry m'explique :

— Papa a inventé un chocolat pour chacune d'entre nous, en s'inspirant de nos parfums favoris. Ils ont tous énormément de succès. Le mien s'appelle Cœur Cerise, et il y a aussi Cœur Guimauve, Cœur Mandarine, Cœur Coco et Cœur Vanille. Pour fêter ton arrivée parmi nous, il a décidé de te dédier sa nouvelle création : Cœur Cookie. Ça te plaît ?

Brusquement ma gorge se serre. Paddy, Charlotte et les filles me considèrent vraiment comme un membre de leur famille. J'inspire profondément pour reprendre mes esprits.

— Ça sonne bien, je murmure enfin. C'est la première fois qu'on donne mon nom à un chocolat.

— La recette n'est pas encore définitive, précise Charlotte. Il nous reste une surprise à ajouter à l'intérieur, mais on est sur la bonne voie. En tout cas, je suis ravie que tu aimes !

— Te voilà officiellement l'un des nôtres ! conclut Honey avec un grand sourire.

16

Le lendemain, notre petite bande se rassemble au village à 10 heures. Pendant que les autres étudient les cartes en discutant du meilleur itinéraire, je remonte mon sac sur mon dos sans rien dire. J'ai l'impression de me retrouver dans une aventure du Club des Cinq. Nous nous élançons à la file indienne sur de jolies routes bordées de chèvrefeuille à l'odeur délicieuse. Mon guidon tremble dangereusement chaque fois qu'une voiture nous dépasse. Le terrain est assez vallonné et le soleil brille dans le ciel d'un bleu pur. Nous n'avançons pas très vite, mais personne ne s'en soucie.

Au bout d'un moment, nous bifurquons vers un sentier qui s'enfonce dans les bois. Rapidement, la majorité d'entre nous se résout à continuer à pied, sauf Shay et Stevie qui sont équipés de VTT. Comme la piste qui mène aux grottes des contrebandiers est fermée, nous décidons de pique-niquer au bord de la rivière.

Face à la petite cascade qu'elle forme en se jetant dans le déversoir, je ne peux pas m'empêcher de repenser au désastre du Dragon de Papier. Heureusement, l'attrait de l'eau fraîche finit par me faire oublier mes problèmes, et je me débarrasse de mon tee-shirt et de mon jean pour aller nager avec les autres pendant que les jumelles étalent de grandes nappes à carreaux sur la berge. Tout le monde a apporté quelque chose – moi, j'ai pris des sandwichs au fromage un peu écrasés. C'est un vrai festin. Il y a de la pizza froide, des crudités, des feuilletés aux saucisses, des chips, des œufs durs, de l'houmous et des falafels ; et pour le dessert, des cupcakes couverts de glaçages multicolores, du brownie au chocolat et de la salade de fruits frais. Tommy plonge des bouteilles de soda et de limonade dans la rivière afin de les rafraîchir.

– Vous êtes ensemble depuis longtemps ? je demande à Summer en prenant un sandwich.

– Pas mal, oui. Tommy est super. Il m'a beaucoup soutenue dans les moments difficiles.

Je jette un coup d'œil à sa jumelle, étendue un peu plus loin avec un livre.

– Et Skye, elle n'a pas de petit copain ?

– Elle est sortie avec un certain Finn, à peu près à la même époque que moi avec Tommy. C'était le fils de Nikki, la productrice du documentaire. Malheureusement, ça a fini par s'étioler à cause de la distance.

Ils sont restés amis. On a invité Finn pour le festival, mais il ne pourra pas venir. C'est sans doute mieux comme ça…

Puis Tommy vient s'asseoir à côté de nous, et nous changeons de sujet. Après avoir bu, mangé et discuté, nous nous prélassons au soleil. Pourtant, j'ai du mal à profiter à fond de cette journée ; je suis trop préoccupé par l'avenir de ma famille pour me détendre. Au bout d'un moment, je suis incapable de résister et vais m'isoler au bord de l'eau afin de vérifier mes e-mails.

Évidemment, je n'en ai toujours pas de mon père. Maman, par contre, m'a envoyé un texto.

Jake, je sais que tu te caches chez Harry, mais il faut qu'on parle. Personne n'a décroché quand j'ai appelé chez lui. On déménage samedi – s'il te plaît, rentre à la maison !

Je me hâte de taper une réponse.

Du calme, maman ! Tout va bien, je te jure – j'ai juste besoin d'un peu de temps pour moi.

J'ai aussi un message de Maisie qui me donne envie de jeter mon portable dans la rivière – mais je me retiens, parce que c'est mon seul moyen de contacter mon père.

Hier soir, Sheddie nous a préparé un plat indien végétarien trop bon ! Je vais peut-être devenir végétarienne moi aussi. Aujourd'hui, il doit nous faire un cours de tai-chi. Tu devrais lui laisser sa chance, parce qu'il est super.

Super ou pas, il ne m'intéresse pas. Je devrais peut-être rester à Kitnor, vous vous amusez très bien sans moi.

J'appuie rageusement sur « envoyer », glisse le téléphone dans ma chaussure et retourne me baigner, remontant la rivière jusqu'à la cascade. Je déteste Sheddie. Je déteste qu'il soit chez nous en ce moment, et qu'il essaie de s'attirer les bonnes grâces de mes sœurs. Pendant des années, nos vacances d'été se sont résumées à des journées à traîner au parc ou dans l'appartement. De temps en temps, on prenait le bus jusqu'à Bethnal Green pour jouer dans le minuscule jardin de mamie. Et voilà que ce type débarque et que c'est la fête ; il emmène les filles en balade, leur cuisine des repas exotiques et leur apprend des tas de choses. Pas étonnant qu'elles soient folles de lui. Mais moi, je ne me ferai pas avoir aussi facilement.

Je vais me planter sous la cascade dont l'eau glacée martèle mon visage et dissout peu à peu ma colère. Quand je n'en peux plus, je m'allonge sur le dos et me laisse aller, les yeux fermés, le visage tourné vers le ciel et les bras écartés, attendant que le soleil me réchauffe et que le courant emporte ma frustration.

Enfin calmé, je retourne vers le bord. Honey est assise sur un rocher à l'écart des autres, les bras serrés autour des genoux.

— Ça ne va pas ? je lui demande en me hissant près d'elle. Tu as l'air d'aussi mauvaise humeur que moi.

Elle pousse un gros soupir en désignant son smartphone.

— Les garçons sont tous les mêmes… Il avait pourtant promis de m'écrire tous les jours !

— Tu parles de ton copain – comment s'appelle-t-il déjà… Ash ?

— Oui. Je n'ai aucune nouvelle. Ni coup de fil ni message.

— Il a peut-être perdu son téléphone ?

— Ça m'étonnerait. Au départ, il avait prévu de traverser l'Italie, l'Espagne et la France en train avant de me rejoindre ici. Mais ça faisait un moment qu'il n'avait plus évoqué le sujet, et maintenant, silence radio. Il a dû changer d'avis. On ne s'est pas vus depuis des mois ; je ne peux pas lui en vouloir d'être passé à autre chose…

— Tu ne crois pas qu'il est juste trop occupé à visiter et à s'amuser ?

J'aurais dû me taire ; ce n'était clairement pas la réponse qu'elle attendait.

— Je n'ai jamais eu de chance avec les garçons, reprend-elle. J'ai le don pour choisir ceux qui vont me décevoir...

— Tu parles de Shay ? je souffle.

— Tu es au courant ? Bah, peu importe, ce n'est pas un secret. Notre rupture n'a échappé à personne. C'était horrible. J'avais l'impression d'être la risée du village. Et comme si ça ne suffisait pas, je devais vivre sous le même toit que Cherry – tu imagines ?

— Ma pauvre...

— Je ne te le fais pas dire. Il y avait de quoi péter les plombs. J'avais envie de tout casser pour montrer aux gens que plus rien n'avait d'importance, alors qu'au fond, c'est moi que je voulais blesser. Je me suis construit une carapace pour éviter de souffrir – jusqu'à ce que je rencontre Ash. J'ai cru qu'il était différent. Mais visiblement, je me suis encore trompée.

Je secoue la tête.

— Je suis sûr que ça va s'arranger. Il doit y avoir une explication à son silence, il a peut-être perdu son téléphone ou son chargeur. Ou il s'est laissé prendre par son voyage sans penser que tu pouvais t'inquiéter.

— Possible. C'est vrai que je le vois mal me plaquer sans un mot. Il n'est pas comme ça. Mais je n'en peux plus d'attendre un message qui ne vient pas. À ce sujet, où en es-tu avec papa ?

— À ton avis ?

– Nulle part, je suppose. Je t'avais prévenu qu'il était nul. On n'a vraiment pas tiré le gros lot avec lui !

– Non… Heureusement que tu as Paddy. Il est chouette. Ma mère, elle, s'est entichée d'une espèce de hippie appelé Sheddie. Il a des dreadlocks, donne des cours de tai-chi et essaie de convaincre mes sœurs de devenir végétariennes.

– Ce n'est pas si grave, si ? Coco aussi est végétarienne, et maman fait du tai-chi. Quant aux dreads, c'est un look comme un autre…

– Tu ne vas pas t'y mettre ! Mes sœurs avaient promis de lui mener la vie dure, mais, au bout d'une journée, elles lui mangeaient dans la main. Beurk.

– Qu'est-ce que tu lui reproches ? C'est un voleur ? Un type violent ? Un drogué ? Il oublie de sortir les poubelles ?

– Je ne sais pas, je ne l'ai pas encore rencontré. Mais ce n'est pas le problème. Tu n'as pas l'air de comprendre !

– Si, je vois bien ce qui te tracasse. Le truc, c'est que quand les parents se séparent, ils finissent souvent par retrouver quelqu'un. Comme maman avec Paddy, ou notre père avec Emma. C'est la vie. Que ça te plaise ou non.

– Justement, ça ne me plaît pas ! Et puis ce n'est pas la même chose. Paddy n'est pas un bon à rien complètement fauché.

– Pourtant c'est ce que je pensais de lui au début alors qu'il est plutôt sympa. J'ai mis longtemps à admettre que je m'étais fait de fausses idées à son sujet. Je ne dis pas que nos deux cas sont semblables, mais Sheddie mérite peut-être que tu lui laisses une chance. Si ta mère l'aime, il doit y avoir une raison.

– La raison, c'est qu'elle ne sait pas choisir ses copains. Regarde mon père.

– *Notre* père. Sur ce coup-là, je ne peux pas te contredire. Mais essaie de ne pas avoir trop de préjugés. Tu pourrais être surpris.

– Toi qui parles de laisser leur chance aux gens, pourquoi tu ne le fais pas avec Cherry ?

Le visage de Honey se ferme brusquement.

– Ça n'arrivera jamais ! jure-t-elle avant d'aller rejoindre les autres.

17

Le lendemain, j'ai des courbatures plein les jambes et un gros coup de soleil sur les épaules à l'endroit où j'avais oublié de me remettre de la crème. Mais je suis ravi de mon escapade. Après notre longue pause près du déversoir, nous avons descendu la colline, laissé nos vélos dans un fossé puis escaladé les rochers de la plage pour atteindre les grottes des contrebandiers par le bas. C'était très impressionnant. Sur le chemin du retour, on a croisé un troupeau de poneys exmoor, puis on s'est arrêtés pour acheter des frites et des bouteilles d'eau dans un petit village voisin de Kitnor.

Je me moque que mes sœurs se la coulent douce à Londres parce que, moi aussi, je passe de super vacances. Le seul point noir, c'est que je n'ai toujours pas de nouvelles de mon père. Si je pouvais me téléporter jusqu'à Sydney, j'irais directement frapper à sa porte afin qu'il ne puisse plus m'ignorer. En même temps, c'est ce qu'il fait depuis que je suis né...

Cher papa-que-je-ne-connais-pas,
J'essaie de ne pas perdre espoir. Je me dis que mes e-mails ont dû atterrir dans un dossier de spams, parce que je ne peux pas imaginer que tu me snobes volontairement. Tu ne ferais pas ça, hein? Je suis ta chair et ton sang, et même si on ne s'est jamais rencontrés, il existe un lien entre nous. Que tu le veuilles ou non, tu es mon père. Que je le veuille ou non, je suis ton fils. C'est comme ça. La seule autre explication que je trouve à ton silence, c'est que tu ne me crois pas. Tu te dis peut-être que je suis un imposteur, un arnaqueur. Alors, pour te prouver que ce n'est pas le cas, je t'envoie une photo de moi prise hier. Je louche un peu à cause du soleil, mais tu verras qu'on se ressemble beaucoup. En tout cas, d'après les vieux portraits de toi que j'ai vus.
Je te jure que je ne suis pas en train de te manipuler. J'ai vraiment besoin de ton aide. Si tu as un cœur, réponds-moi, et je t'expliquerai tout.
Ton fils désespéré,
Jake

Maman m'a laissé une série de messages vocaux et de textos sur lesquels je ne m'attarde pas. Puis je grogne en lisant celui de Maisie m'informant que Sheddie a prévu de les emmener à la piscine.

Pour me calmer, je décide de terminer la scène du festival. Après avoir ramassé d'énormes brassées de bois flotté sur la plage, je fixe deux grosses branches à la verticale de chaque côté de la scène. Elles serviront à soutenir le décor d'arrière-plan. Je ne sais pas encore à quoi il ressemblera, mais je voudrais qu'il ait l'air professionnel. Puis je fixe le reste des branches pour former une grande arche qui viendra encadrer le devant de la scène. Ça me prend des heures, mais le résultat en vaut la peine.

Ces efforts m'ont donné chaud. La température a encore augmenté de quelques degrés aujourd'hui. En fin de matinée, les jumelles et Coco viennent voir où j'en suis.

— Bravo, me félicite Summer. C'est magnifique. Mais ton arche serait encore plus belle si tu y accrochais des guirlandes lumineuses.

— Je sais où en trouver, renchérit Coco.

— Génial! j'acquiesce. Et je voulais aussi ajouter un arrière-plan, mais je ne sais pas trop comment le fabriquer.

— Pourquoi pas un grand drap? suggère Skye. Il y en a plein qui ne servent plus dans le grenier. On pourrait le peindre et le suspendre entre les deux poteaux.

Une demi-heure plus tard, nous nous mettons tous les quatre au travail. Coco apporte un tas de pots de peinture et de pinceaux dans la brouette. Pendant qu'elle dessine des étoiles et des croissants de lune sur le contour de la scène, je décore les deux branches du fond de feuilles de lierre entrelacées.

— Tu n'es pas seulement doué de tes mains, tu es aussi un vrai artiste ! me complimente Skye.

Agenouillées devant un drap blanc étendu sur l'herbe, Summer et elle sont en train de peindre un immense arc-en-ciel et d'écrire « Festival du Chocolat de Tanglewood » en lettres rondes. Ça rend drôlement bien, et encore plus une fois qu'elles ont terminé et que nous tendons leur banderole entre les poteaux. Le fait de collaborer ainsi avec mes sœurs m'aide à me sentir plus intégré.

Il ne me reste plus qu'à grimper sur un escabeau pour la touche finale. J'ajuste de mon mieux les guirlandes autour de l'arche jusqu'à ce que tout soit parfait.

— Maman et Paddy vont *adorer*, déclare Summer. C'est trop beau !

— Mille fois mieux que ce que Paddy avait en tête, confirme Skye. Une vraie œuvre d'art !

— Mais si jamais il pleut ? remarque Coco en plissant le nez. N'oubliez pas qu'il doit y avoir de l'orage. Les ampoules risquent de prendre l'eau. On devrait peut-être protéger la scène avec les bâches en plastique qui sont dans la réserve ?

— Ça m'étonnerait qu'il pleuve, je lui réponds. On étouffe !

— Justement, insiste Skye. Il fait toujours très lourd avant un orage. Coco a raison, on devrait se méfier.

Nous finissons donc par recouvrir notre travail avec des bâches. J'ai hâte de voir la réaction de Paddy lorsque nous le dévoilerons devant lui !

Les filles retournent dans la maison pour donner un coup de main en cuisine, pendant que j'assiste Paddy et Cherry à l'atelier. Ils me prêtent un tablier et me demandent de recouvrir mes cheveux avec un foulard qui me donne une allure de pirate. Paddy n'arrête pas une seconde car il veut avoir un maximum de stock en prévision du festival. Il me montre la machine qu'il vient d'acquérir pour peaufiner sa dernière recette : une espèce d'aiguille électrique qui permet de dessiner sur du chocolat.

— On va écrire des petites prédictions à cacher dans la ganache, m'explique Cherry. Tu veux essayer ?

Malgré ma bonne volonté, je ne suis pas très doué. Heureusement que Cherry se débrouille mieux que moi. Tandis que Paddy lui apporte un plateau de petits cœurs en chocolat à décorer, je réfléchis à une liste de messages. Ce n'est pas si facile. « Souris », « Donne-moi un bisou », « Sois gentil », « Fais rire quelqu'un », « Partage », « Sois fort », « Relax » et « Vive la magie » devraient fonctionner ; « Réponds aux e-mails », « Ne lave pas ton jean dans la baignoire » et « Attention aux chutes de plafond », un peu moins.

Au bout d'un moment, Honey nous rejoint, tout sourire. Sa mauvaise humeur de la veille est oubliée. Même si elle s'énerve vite, elle n'est pas rancunière. Sauf avec Cherry, bien sûr.

— Cookie, viens voir ! J'ai inventé un truc génial. Ce sera parfait pour le festival. J'ai hâte de savoir ce que tu en penses.

Je la suis vers la maison où règne la même effervescence que dans l'atelier. Sandy, Stevie et Coco sont en train de plier les petites boîtes qui contiendront les chocolats ; et dans la cuisine, Charlotte et les jumelles préparent assez de fondant au praliné pour nourrir toute une armée.

L'invention de Honey trône au milieu de la table dans un grand verre sur lequel est fichée une fraise : c'est une boisson chocolatée composée de plusieurs couches, comme un cocktail. J'en ai déjà l'eau à la bouche.

— Goûte-moi ça, m'ordonne-t-elle en me tendant le verre. À votre avis, c'est plutôt un smoothie crémeux, un milk-shake ou un chocolat frappé ? Qu'est-ce qui sonne le mieux ?

— Un milk-shake, répond Summer.

— Non, un smoothie, la contredit Charlotte. Mais ce qui compte, c'est surtout que ce soit bon !

Il y a une couche de purée de fraises, une de lait au chocolat, une de chocolat noir, et enfin une de crème fouettée surmontée de copeaux de chocolat. C'est une pure merveille.

— Peu importe le nom, moi, je suis fan! je m'écrie.

— Je savais que ça te plairait! se réjouit Honey. Et toi, Paddy, tu en penses quoi? Il n'y a pas trop de chocolat noir? J'ai d'abord essayé avec du beurre de cacahuètes et de la banane, mais c'est mille fois meilleur avec des fraises – et puis, tout le monde aime ça, non?

Paddy boit une gorgée et hoche la tête d'un air approbateur.

— Tu as trouvé l'équilibre parfait entre les différents parfums. Je devrais te recruter pour que tu m'inventes de nouvelles recettes!

— Merci, Paddy.

Cherry goûte à son tour et lève le pouce en signe d'encouragement.

— Cookie a raison, c'est à tomber par terre!

Honey lui sourit. Mais juste après, elle tourne le dos aux adultes et murmure:

— Comme si j'en avais quelque chose à faire de ton avis...

Elle a parlé si doucement que j'ai failli ne pas l'entendre. Je suis choqué, mais Cherry soupire sans répondre et repart vers l'atelier. Ignorant ce qui vient de se passer, les autres décident de s'accorder une petite pause pour boire un thé.

– Quoi ? marmonne Honey en me dévisageant. Je suis honnête, c'est tout !

Je secoue la tête, incapable de la regarder dans les yeux. Elle hausse les épaules avec indifférence, mais lorsque je sors de la pièce, elle m'emboîte le pas.

– Qu'est-ce qu'il y a ? insiste-t-elle en me retenant par le bras. Je n'ai jamais prétendu être une gentille fille, hein ! Je n'aime pas Cherry, et je ne comprends pas ce que tu lui trouves.

– Elle nous ressemble, Honey. Elle a juste besoin de se sentir à sa place dans cette famille. Pourquoi es-tu aussi dure ?

– Ce n'est pas chez elle, ici. Elle s'est incrustée pour nous voler tout ce qu'on avait. Mes sœurs se sont fait embobiner, et toi aussi !

Je me dégage brusquement.

– C'est toi qui essaies de m'embobiner. Je pensais que tu valais mieux que ça.

Sur ces mots, je m'éloigne sans me retourner.

Plus tard, près de la roulotte, je demande à Cherry :

– Pourquoi est-ce que tu ne réagis pas ? Tu ne devrais pas la laisser te traiter comme un chien.

– Que veux-tu que je te dise ? Elle a ses raisons. Je l'ai blessée sans le vouloir. Elle m'a toujours détestée. À force, je m'y suis habituée.

– Ça ne te rend pas triste ?

– Bien sûr que si ! Ces derniers temps, ça allait mieux entre nous. Je crois qu'elle est jalouse parce que j'ai sympathisé avec toi.

– On s'est à peine parlé deux ou trois fois !

– Je sais. Mais au fond, Honey est beaucoup plus fragile qu'elle ne le prétend.

– Je m'en doutais.

– J'ai de la compassion pour elle. Je regrette qu'elle se comporte ainsi, mais j'essaie de prendre du recul. Peut-être qu'un jour, elle finira par me donner ma chance.

Je réfléchis aux paroles de Cherry longtemps après son départ. Donner sa chance à quelqu'un, la lui refuser, tenter sa chance, la rater… comment s'y retrouver dans tout ça ?

18

Je me couche avant 22 heures, épuisé par notre expédition à vélo de la veille et mes efforts de l'après-midi. Mais je n'arrive pas à trouver le sommeil. Il fait trop chaud, trop lourd. Je repousse la couverture en patchwork pour ne garder qu'un simple drap. Ça ne change rien ; j'ai toujours l'impression que la roulotte s'est transformée en sauna. Tout à coup, mon téléphone se met à vibrer. C'est Maisie. Je m'assieds pour lui répondre.

– Salut, sœurette. Ça va ?

Au bout du fil, elle fond en larmes.

– Oh, Cookie, on est fichus ! Maman a compris que tu n'étais pas chez Harry. Ni chez Mitch. Elle sait que tu as fugué !

– Quoi ? Qu'est-ce qui s'est passé ? Ne pleure pas, Maisie, calme-toi. Elle va finir par t'entendre.

– Je suis montée dans ton lit. Comme ça, c'est un peu comme si tu étais près de moi. Isla dort, et moi, je me suis cachée sous la couette. On ne craint rien.

Peu à peu, ses sanglots s'apaisent. Elle se mouche avant de poursuivre d'une voix plus ferme :

– Ce n'est pas moi qui t'ai dénoncé. Je te le jure.

– Raconte-moi tout.

Elle prend une grande inspiration avant de se lancer.

– Tout à l'heure, Mr Zhao est passé voir maman. Il lui a montré une lettre et lui a remis une enveloppe qui contenait de l'argent. Maman s'est mise à pleurer. Je ne sais pas pourquoi, mais elle avait l'air bouleversée. Mr Zhao était triste lui aussi. Il a dit qu'il était désolé de t'avoir donné de fausses impressions, et qu'il n'avait aucune intention de nous expulser. Il se demandait comment tu avais pu te mettre une idée pareille dans la tête. Ça veut dire quoi, expulser ?

– C'est quand on jette ses locataires dehors. Mais je n'ai pas rêvé, je l'ai entendu en parler. Enfin, je crois. Il était très fâché !

– Plus maintenant, on dirait.

Elle a raison ; maintenant, c'est moi qui suis en colère contre moi-même. J'ai encore tout gâché. Lorsque j'ai envoyé cette lettre idiote à Mr Zhao, je n'imaginais pas une seconde qu'il irait la montrer à ma mère. Pour moi, ils ne s'adressaient même plus la parole.

– Et ensuite, que s'est-il passé ?

– Maman a dit qu'elle était navrée d'abandonner

Mr Zhao dans ces circonstances difficiles, mais qu'on allait s'installer à Millford. Elle lui a présenté Sheddie qui a proposé de donner un coup de main pour les travaux. Ce n'est pas son vrai métier, mais je suis sûre qu'il en est capable. Il sait tout faire !

– Fiche-moi la paix avec Sheddie ! Et après ?

– Quand Mr Zhao est parti, maman a rappelé Harry. C'est sa mère qui a décroché. Elle lui a dit qu'elle ne t'avait pas vu depuis plus d'une semaine. Ensuite, maman a téléphoné à Mitch. Il a essayé de te couvrir, jusqu'à ce que son père lui arrache le combiné des mains et révèle que tu n'étais pas venu chez eux depuis une éternité. Sheddie voulait prévenir la police, mais maman a paniqué. Elle avait peur que les services sociaux l'accusent d'être une mauvaise mère et te placent dans un foyer.

– Ce n'est pas une mauvaise mère, au contraire ; elle est géniale !

– Je sais bien. Elle est très inquiète, et moi je vais avoir des problèmes parce que j'ai menti pour te protéger. Il faut que tu rentres tout de suite, Cookie. Sheddie et elle sont en train d'étudier une carte du Somerset dans le salon, parce que la lettre que tu as envoyée à Mr Zhao venait de là-bas.

Soudain, j'entends un cri. Maisie recommence à pleurer, et je reconnais la voix de maman au téléphone.

– Jake ? Jake, c'est toi ? Dis-moi où tu es, mon chéri,

s'il te plaît. Je ne suis pas fâchée, je ne vais pas te gronder. Je veux juste m'assurer que tu vas bien.

— Je vais bien. Ne t'en fais pas pour moi, maman. Je te promets de rentrer très bientôt, dès que j'aurai réglé une affaire importante.

— Jake…

Le cœur serré, je raccroche sans attendre la suite.

J'aurais dû me douter que ça arriverait. Je me suis laissé séduire par Tanglewood, distraire par mes sœurs, mes nouveaux amis, les balades à vélo et la plage. La vie que je mène ici est si agréable que j'en ai presque oublié les raisons de ma venue.

Ça me fait tout drôle de ne plus pouvoir contacter Maisie. Maman va sûrement lui confisquer le téléphone. Tant pis pour moi. Entre-temps, j'ai reçu des messages de Harry et de Mitch qui s'excusent de ne pas avoir réussi à me couvrir, mais toujours rien de mon père.

La déception me ronge comme un poison. Plus ça va, plus je me dis que, si je sonnais à sa porte, il me la claquerait au nez. Je me suis montré patient et poli jusqu'ici, mais il faut que je regarde la vérité en face : il n'en a rien à faire de moi.

Cher papa,
Je me demande pourquoi je t'appelle encore comme ça, mais je ne vois pas quel autre terme utiliser.

Je ne me fais pas d'illusions: tu ne répondras pas plus à ce message qu'aux précédents. Tu refuses d'assumer tes erreurs. Reconnaître que tu as un fils reviendrait à admettre que tu es un homme infidèle et un menteur. Tu as enchaîné les liaisons sans te soucier une seconde de leurs conséquences. Mon existence est bien trop embarrassante pour toi – d'autant que j'ai grandi dans des appartements miteux et des meublés à mille lieues du monde luxueux dans lequel tu évolues.
Je ne t'ai jamais rien demandé de ma vie. Ni ton nom, ni ton amour, ni quoi que ce soit d'autre. Mais il s'est passé quelque chose de grave, et je n'avais personne vers qui me tourner, alors j'ai pensé à toi. Je me suis dit que tu pourrais peut-être rattraper ces années d'absence en étant là pour moi. Je me disais même que ça pourrait te faire plaisir.
Quel idiot je suis!
En fait, mieux vaut ne pas avoir de père qu'en avoir un aussi nul que toi.
Je ne t'embêterai plus,
Jake

À peine ai-je appuyé sur «envoyer» que je regrette mon geste. Quand est-ce que je cesserai d'agir sans réfléchir? Jouer les petits malins me soulage pendant cinq minutes, jusqu'à ce que ma raison reprenne le dessus et que je m'aperçoive que j'ai aggravé les choses.

Renonçant à dormir, je sors de la roulotte et me dirige vers la maison. Dans la cuisine, je tombe sur Cherry, venue se servir un verre d'eau.

— Je meurs de chaud, se plaint-elle. Oh là là, qu'est-ce qui t'arrive, Cookie ? Tu as une tête à faire peur !

— Maman a découvert que j'avais fugué, Sheddie veut prévenir la police, et ma petite sœur vient de m'appeler en pleurant, terrifiée à l'idée que les services sociaux m'emmènent dans un foyer. Et à côté de ça, je m'aperçois que mon plan était voué à l'échec depuis le début. Mon père ne me répondra jamais. S'il avait été à la hauteur, il ne m'aurait pas abandonné à la naissance.

— Tu t'es peut-être montré trop gentil avec lui. Les e-mails, c'est facile à ignorer.

— Pas celui que je viens de lui envoyer.

— Tant mieux ! réplique-t-elle en riant. Ça lui fera les pieds. Il comprendra peut-être que tu n'as pas l'intention de lâcher le morceau. Ce n'est pas qu'une question d'argent, n'est-ce pas ? Le problème, c'est qu'il refuse de reconnaître ton existence. Pourquoi ne pas l'appeler sur Skype ?

— Je ne saurais pas par où commencer. Et j'ai peur qu'il me raccroche au nez.

— On pourrait se débrouiller pour qu'il t'écoute. Tu lui as dit quoi, jusqu'ici ? Il est au courant que tu es chez nous ?

– Non, je voulais gérer ça tout seul. Encore une brillante idée…

– Travailler en équipe permet souvent d'obtenir de meilleurs résultats. S'il ne sait pas que tu es là, on va pouvoir le prendre par surprise. Il suffit de demander aux filles de le contacter. À elles, il leur répondra. Et ensuite, elles te céderont la place. Je suis sûre que Skye, Summer ou Coco seraient d'accord. Même si…

– Quoi ?

– L'idéal serait de passer par Honey. Elle a vécu avec lui, et c'est elle qui le connaît le mieux. Si ça ne marche pas, on piochera dans nos économies et on te paiera un billet de retour pour Londres. D'accord ?

– D'accord.

Pour la première fois depuis le début de la semaine, j'ai l'impression qu'une lueur d'espoir s'allume à l'horizon.

19

C'est ainsi que je me retrouve à comploter avec Honey à 1 heure du matin, assis sur le rebord de sa fenêtre.

– Tu aurais dû venir me voir directement. J'aurais appelé papa sur Skype, et ce serait déjà réglé depuis longtemps.

Elle me dévisage d'un air contrarié avant d'ajouter :

– Je croyais qu'on était proches, Cookie. Qu'il y avait un lien spécial entre nous. Pourquoi es-tu allé te confier à Cherry ?

– Parce qu'elle me comprend.

– Il faut toujours qu'elle me vole ce que j'ai ! s'offusque Honey. Ma maison, mon copain, mes sœurs, ma mère... et maintenant, toi !

– N'importe quoi. Tu es bien plus heureuse qu'avant, c'est toi-même qui me l'as dit. Tu es en terminale, tes notes ont beaucoup progressé et ton prof d'arts plastiques t'encourage à poursuivre dans cette voie.

D'accord, Shay et Cherry sont tombés amoureux, mais c'est de l'histoire ancienne! Je croyais que Ash était le seul garçon que tu aies réellement aimé?

— Dommage que ce ne soit pas réciproque. Je n'ai toujours pas de nouvelles de lui.

— Ça ne devrait plus tarder. Ta mère et tes sœurs te trouvent géniale, et je suis plutôt d'accord avec elles. Quel besoin as-tu d'être aussi méchante avec Cherry? C'est elle qui a suggéré que tu appelles Greg. Et elle ne t'a pas dénoncée quand je lui ai parlé du faux coup de fil à ma mère, alors qu'elle aurait pu.

— Encore une preuve de sa stupidité.

— Arrête un peu! Autant t'acharner sur un chaton sans défense.

— Que veux-tu, j'ai un mauvais fond.

— Et moi, je ne sais pas tenir ma langue, donc je te donne mon avis. Tu ne vaux pas mieux que moi avec Sheddie.

— Faites ce que je dis, pas ce que je fais. Allez, petit frère, on ne va pas se disputer pour ça. Je te rappelle que j'ai accepté d'envoyer un message à papa pour toi! Il vient de me répondre: on a rendez-vous sur Skype à 13 heures, heure de Sydney, soit 2 heures du matin ici. Ce n'est pas l'idéal, mais il sera en pause-déjeuner et devrait avoir cinq minutes à nous consacrer. Et puis au moins, on pourra utiliser l'ordinateur de maman sans être dérangés.

Honey n'a plus de portable depuis que le sien a fini au fond d'une piscine en Australie. Être victime de cyber-harcèlement lui a coupé l'envie de surfer sur Internet.

Depuis, elle s'est trouvé d'autres occupations. Sa chambre, située au dernier étage de la maison dans une tourelle, est une véritable caverne d'Ali Baba. Des portraits de filles au regard triste sont entassés dans tous les coins, à côté de planches à dessin et de toiles vierges. Certains sont réalisés à partir de fragments de miroir, d'autres voilés par des pans de tissu ou peints sur de vieux puzzles auxquels il manque des pièces. Ce sont des œuvres magnifiques qui révèlent une autre facette de sa personnalité, loin de ses grands airs et de sa fausse assurance. Une profonde souffrance doit se cacher derrière tout cela.

– Je suis sûre que tu vas devenir célèbre, Honey ! Ma sœur sera le prochain Van Gogh. Enfin, ne te sens pas obligée de te couper une oreille.

– J'en prends bonne note. Parfois, j'ai l'impression que l'art est la seule chose qui compte pour moi. Quand on est brisé en mille morceaux, ça aide de pouvoir s'en servir pour construire quelque chose de positif. Tu comprends ?

Pas franchement, mais je vois que ça a des effets presque magiques sur elle. Je me projette quelques années en avant et nous imagine buvant un café ensemble dans un bar branché de Londres. Elle aura un carton à dessin sous le bras, et moi – moi, je ne sais pas trop, mais j'y serai. Et tout ira bien.

– Qu'est-ce qu'il fait chaud ! gémit-elle. Paddy avait raison, il va y avoir de l'orage.

– Je n'y crois toujours pas.

Je colle mon front contre la vitre pour contempler le ciel. Pour la première fois depuis mon arrivée à Tanglewood, les étoiles et la lune sont invisibles.

On frappe doucement à la porte. C'est Cherry.

– Il est presque 2 heures, souffle-t-elle. On descend ?

Honey lève les yeux au ciel.

– Merci de ton soutien, Cherry, mais on n'a pas besoin de toi. Je m'en occupe.

Je prends la défense de Cherry :

– Ça me ferait plaisir qu'elle soit là.

Au moment où nous sortons sur le palier, la porte de la chambre des jumelles s'entrouvre.

– Qu'est-ce qui se passe ? demande Skye à voix basse. On s'apprêtait à aller chercher à boire, et on vous a entendus chuchoter.

– Rien, rien, ment Cherry.

– Non, rien du tout, j'ajoute.

– Vous allez où ? nous interroge Summer par-dessus l'épaule de sa sœur.

– Nulle part ! réplique Honey d'une voix sèche. C'est dingue, on ne peut pas être tranquille deux minutes dans cette maison ! Bon, voilà : on va appeler papa sur Skype pour lui présenter Cookie.

— Oh ! On peut venir ? supplie Skye. Ça nous concerne aussi, non ? S'il te plaît !

— D'accord, mais essayez de ne pas réveiller maman et Paddy. Cookie a le droit à un peu d'intimité !

C'est alors qu'une autre porte s'entrebâille et que Coco fait son apparition, nageant dans un immense tee-shirt « Sauvez les pandas ».

— Je n'arrive pas à dormir, avoue-t-elle. Il fait tellement chaud que mon sang va bientôt se mettre à bouillir ! Qu'est-ce que vous fabriquez sur le palier au milieu de la nuit ?

— Bonne question, marmonne Honey, exaspérée. Changement de programme, Cookie. Ce sera un appel groupé. Allez, venez — mais par pitié, ne faites pas de bruit !

Nous descendons l'escalier à pas de loup, osant à peine respirer lorsque nous passons devant la chambre de Paddy et Charlotte. Une fois au rez-de-chaussée, les filles se dirigent vers la cuisine pour nous servir des verres de jus d'orange bien frais. Fred se colle dans nos jambes en gémissant.

— Il est toujours comme ça quand il va y avoir de l'orage, m'explique Coco. Il déteste ça. Son sixième sens est infaillible ; je te parie ce que tu veux que ça va bientôt être le déluge.

Nous nous glissons ensuite dans le bureau de Charlotte, installé au fond de l'arrière-cuisine. La table est encombrée de factures, de bons de commande et de documents à en-tête de la société. Honey s'assied sur la chaise pivotante au moment précis où le premier éclair illumine le ciel.

– Waouh! s'écrie Summer en se rapprochant de sa jumelle. Impressionnant!

Ses mots sont noyés par un coup de tonnerre si fort qu'il fait trembler les murs. La pluie se met à tomber, fouettant la vitre et dégoulinant le long du cadre. On dirait que la fin du monde est arrivée. Fred presse son museau contre ma main en quête de caresses.

– La nuit idéale pour un appel sur Skype! s'amuse Honey en allumant l'ordinateur. En tout cas, on ne pourra pas dire qu'il ne se passe jamais rien à Tanglewood. Bon, écartez-vous une minute. On va éviter de faire peur à papa! C'est une sacrée nouvelle qu'on s'apprête à lui annoncer, alors je préfère y aller en douceur. Espérons qu'il n'ait pas oublié l'heure de notre rendez-vous.

Nous reculons tous d'un pas pour sortir du champ de la caméra. Après quelques sonneries, la connexion est établie, et le visage de mon père emplit l'écran. Il est blond, bel homme, très élégant avec sa chemise aux manches retroussées et sa cravate. La montre en argent qui orne son poignet doit valoir deux fois plus que ce que maman gagne en un an. Voire trois.

On ne devinerait jamais que c'est mon père ; il a l'air beaucoup trop lisse, charmeur et déterminé. La déception me fait l'effet d'une douche froide.

– Comment va ma fille préférée ? demande-t-il à Honey.

Skye, Summer et Coco se rapprochent de leur sœur, l'air outré, en se disputant pour savoir laquelle pourrait prétendre à ce titre. Il s'en sort d'une pirouette, questionne Honey sur sa dernière peinture, Summer sur ses cours de danse, Skye sur le siècle qui l'inspire, et Coco sur ses campagnes de défense des animaux. Elles sourient jusqu'aux oreilles, comme hypnotisées. Puis Skye fait venir Cherry, avec qui il se montre tout aussi adorable bien qu'il ne la connaisse pas.

– Je suis honoré de partager ce bel orage avec vous, déclare-t-il lorsqu'un nouvel éclair zèbre le ciel, suivi d'un craquement de tonnerre. Même si je dois avouer que la météo anglaise ne me manque pas ! Vous devriez peut-être retourner au lit, non ? Que va dire votre mère ?

– On ne va pas tarder, lui promet Honey, dès qu'on t'aura exposé la raison de notre appel. Papa, j'espère que tu es assis. Je te passe les détails, mais voilà : on a découvert qu'on avait un demi-frère, on a retrouvé sa trace, et... il est ici aujourd'hui.

Greg lutte pour garder le sourire – mais, derrière,

je devine une pointe d'irritation, de colère et peut-être même de peur.

– Quel demi-frère ? demande-t-il, sans grande conviction.

Il est coincé, et il le sait.

Honey me cède sa place. Mon visage s'affiche dans la petite fenêtre située en haut de l'écran, tandis qu'une expression d'immense surprise, puis de quasi-fascination se peint sur celui de Greg.

– Vas-y ! m'encourage Honey. Parle-lui, Cookie !

J'ai la bouche atrocement sèche, et les battements de mon cœur résonnent encore plus fort que les coups de tonnerre.

– Papa ? je dis d'une toute petite voix. C'est moi, Jake. Jake Cooke.

20

Je m'attends presque à ce qu'il pousse un cri de rage, nie mon existence et me traite de menteur avant de couper la communication – mais ce n'est pas le cas.

– Jake ? répète-t-il simplement.

Submergé par la souffrance, l'amour et le regret, je suis incapable de prononcer un mot. Je me contente de hocher la tête en retenant mes larmes. D'un geste un peu ridicule, je tends la main pour caresser l'écran. J'ai l'impression que, si je parvenais à toucher ce père qui ne s'est jamais comporté comme tel, je pourrais lui faire comprendre combien il m'a manqué. Et moi, est-ce que je lui ai manqué ?

Lorsque je retrouve la parole, je murmure :

– Tu n'as pas répondu à mes e-mails…

– J'ai cru que c'étaient des spams.

– Pas du tout. Je suis venu ici pour te retrouver – et pour rencontrer mes sœurs. Je ne savais pas que j'en avais, mais, toi, il y a longtemps que je te cherche.

C'est vrai, même si je ne m'en suis rendu compte que récemment. Chaque fois que je me sentais seul ou triste, c'était parce que j'étais en quête d'un roc sur lequel m'appuyer. Et aujourd'hui, j'ai plus que jamais besoin de lui. Je poursuis :

— J'ai des problèmes tellement graves que j'ai dû fuguer pour te demander de l'aide. À cause d'un accident que j'ai provoqué, on risque de perdre notre appartement. Il faut absolument que je trouve de l'argent. Alors, vu que tu es mon père, j'ai pensé que tu pourrais peut-être me dépanner ? Je te rembourserai, bien sûr. Je ne sais pas combien il me faut exactement, mais huit ou neuf cents livres devraient suffire. Ça nous sauverait la vie.

Le visage de mon père se ferme, comme un rideau de fer qui descend sur une vitrine.

— Tu me réclames de l'argent ! s'exclame-t-il, incrédule. Après quatorze ans, tu remontes ma piste jusqu'au bout du monde dans le simple but de me racketter ? C'est une blague, j'espère !

— Pas du tout ! Maman a perdu son travail, et notre propriétaire menace de nous expulser à cause de moi.

Greg Tanberry éclate de rire.

— On peut dire que tu ne manques pas de culot. Tu es bien le fils de ta mère. Tout ce que voulait Alison, c'était de l'argent : de l'argent pour le bébé, pour le loyer, pour des vêtements, pour de la nourriture... elle croyait s'être trouvé une vache à lait. Elle m'a piégé dans l'espoir de se faire entretenir, pensant que je serais assez idiot pour payer ses factures à sa place. Et visiblement, les chiens ne font pas des chats.

La colère enfle en moi comme un raz-de-marée, si violent qu'il me propulse sur mes pieds.

– *Tais-toi!* je hurle en abattant mon poing sur le bureau couvert de papiers. Tu n'es qu'un menteur! Un sale menteur!

Les larmes me brouillent la vue. Je n'ai plus qu'une envie : fuir. Repoussant mes sœurs, j'ouvre la porte-fenêtre et sors en courant sous l'orage.

– Cookie! crie Honey dans mon dos. Attends! Ne l'écoute pas, c'est un idiot.

– Jake, reviens! me supplie Cherry.

Je prête à peine attention à leurs voix, pressé de m'éloigner de cette maison et de l'humiliation que je viens d'y subir. Il m'aura fallu quatorze ans pour retrouver mon père, et deux minutes pour le perdre à jamais. Il est égoïste, radin et cruel. Je préfère me passer d'un père toute ma vie que d'en avoir un tel que lui.

Le vent me fouette le visage, et la pluie se mêle à mes larmes, trempant mes vêtements et plaquant mes cheveux sur mon front. Les gouttes me martèlent la peau comme des milliers d'aiguilles. Complètement gelé, je me mets à claquer des dents.

– Cookie ! Ne pars pas ! continuent de hurler Honey, Cherry et les autres.

Elles me talonnent, mais je suis incapable d'affronter leurs regards. Je ne sais pas si je le pourrai un jour.

Un nouvel éclair illumine le ciel au-dessus des arbres. Je traverse le jardin au pas de course, contourne la scène enveloppée de bâches, ouvre le petit portail et m'aventure sur les marches glissantes qui mènent à la plage. Agrippé à la rambarde branlante, je me réjouis que mes baskets aient de bonnes semelles.

Enfin, mes pieds touchent le sable et je contemple l'océan de velours noir qui s'étend devant moi sous un croissant de lune voilé. Les nuages commencent à se dissiper, emportant avec eux une partie de ma colère.

– Cookie !

Honey et Cherry ont atteint l'escalier de la falaise. Soudain, un hurlement s'élève dans la nuit, et mon cœur fait un bond dans ma poitrine. Quelqu'un est tombé !

– Cherry ! sanglote Honey. Au secours ! Venez nous aider !

Je me précipite vers elles, guidé par les aboiements paniqués de Fred. Honey est à plat ventre sur une marche et retient sa demi-sœur par les mains. Je distingue le visage de Cherry, pâle et terrorisé, et j'entends son souffle haletant.

— Je vais chercher maman et Paddy ! crie Summer depuis le haut de l'escalier.

Skye rejoint Honey et noue ses bras autour de sa taille.

— Je ne tiendrai pas très longtemps, Cookie, me prévient Honey. Fais quelque chose !

Constatant que je ne pourrais pas atteindre Cherry par les marches, je redescends et me lance à l'assaut de la paroi en me servant des aspérités de la roche. J'ai vaguement conscience de la présence de Coco derrière moi. Elle me conseille d'y aller doucement et de faire attention aux touffes d'ajonc. Les yeux rivés sur la tache de couleur du tee-shirt de Cherry, je cherche des appuis à tâtons sur la pierre mouillée.

— Ne tombe pas, Cherry, supplie Honey sous la pluie. Tiens bon, s'il te plaît. Je m'excuse pour tout ce que je t'ai dit et tout ce que je t'ai fait. Je suis vraiment, vraiment désolée ! Accroche-toi !

Même si j'ai l'impression qu'il s'écoule une éternité, je mets moins d'une minute à atteindre Cherry. Je me faufile entre la falaise et un tronc qui fait saillie juste au-dessous d'elle. À cet instant, un nouvel éclair illumine le ciel, et je vois ses pieds racler désespérément la paroi en quête d'une prise. Ses mains sont toujours agrippées à celles de Honey. Puis le noir revient. Tendant les bras à l'aveuglette, je parviens à attraper Cherry par la taille.

– Tu peux lâcher ! je crie à Honey.

Cherry et moi nous écroulons contre le vieil arbre.

Quelques instants plus tard, nous rejoignons Coco au pied de la falaise.

Quand Paddy, Charlotte et Summer arrivent enfin, ils nous trouvent assis dans le sable. Honey et Cherry sont blotties contre moi sous le regard inquiet de Skye et de Coco.

– Je suis tellement, tellement désolée, n'arrête pas de répéter Honey.

Cherry hoche la tête, frissonnante, et remercie sa demi-sœur pour la centième fois. Peu à peu l'adrénaline retombe, et les battements de mon cœur reprennent un rythme normal.

Il y a encore une demi-heure, je croyais avoir tout perdu. En fait, c'est le contraire : il me manquera toujours une des pièces du puzzle, mais, à la place, j'en ai gagné une poignée d'autres dont je ne pensais pas avoir besoin.

Après les larmes viennent les embrassades et les explications. Charlotte et Paddy ne se mettent pas en colère ; ils se contentent de nous serrer dans leurs bras, puis nous aident à remonter l'escalier à la lumière d'une torche électrique.

La pluie cesse alors que nous traversons le jardin. Le ciel se dégage, laissant la lune nous baigner de ses rayons argentés. Tandis que les autres se dirigent vers la porte de la cuisine, Honey, Cherry et moi nous attardons sous les cerisiers, bras dessus bras dessous.

Soudain, nous sommes balayés par les phares d'un vieux van qui s'avance dans l'allée.

– Qu'est-ce que c'est que ça ? je marmonne.

Honey et Cherry secouent la tête sans répondre.

Paddy et Charlotte ressortent de la maison, les sourcils froncés. Qui peut bien nous rendre visite à 3 heures du matin ?

À peine le van s'est-il arrêté que la portière latérale décorée d'arcs-en-ciel s'ouvre en coulissant. Une femme en sort avec une petite fille, bientôt suivie par une enfant plus âgée et à moitié endormie. Quand je vois le conducteur, grand, mince, et coiffé de longues dreadlocks, mon corps se recouvre d'une sueur froide. Sheddie.

– Jake, s'écrie maman avec un sourire épuisé. Oh, Jake, Dieu soit loué, nous t'avons enfin retrouvé !

21

Isla se réveille et se frotte les paupières.
— Cookie ! s'écrie-t-elle.

Maisie et elle se précipitent vers moi. Impossible de leur résister ; je leur ouvre grand les bras et les étreins de toutes mes forces en riant malgré moi. Leur odeur de shampoing et de chewing-gum me rappelle la maison.

— Beurk, tu es tout mouillé ! proteste Isla.

— Maman m'a confisqué mon portable, m'annonce Maisie, les larmes aux yeux. Grâce aux messages que tu m'avais envoyés, elle a deviné où tu étais. Je suis désolée !

— Ce n'est pas ta faute, je murmure. Ne t'en fais pas.

En voyant ma mère approcher derrière mes sœurs, je me prépare au pire. Dans la faible lumière qui provient de la maison, je distingue de nouvelles rides et des cernes sombres sur son visage. Le destin lui a joué tellement de mauvais tours qu'elle semble avoir perdu sa joie de vivre. Avant notre installation à Londres, elle n'était pas si épuisée.

– J'étais morte d'inquiétude, me reproche-t-elle.

– Je t'ai envoyé des textos pour te dire que j'allais bien.

– Oh, Jake…

Elle m'ouvre les bras, et je me jette à son cou. Isla et Maisie se faufilent entre nous. Je respire profondément, attendant que la panique retombe.

– On en reparlera plus tard, murmure maman en me caressant les cheveux comme quand je faisais des cauchemars étant petit. Tout va s'arranger.

Autrefois, je l'aurais crue. Mais j'ai grandi.

Paddy et Charlotte s'approchent de nous.

– Mrs Cooke ? dit Paddy, la main tendue. Nous nous sommes parlé au téléphone, juste après l'arrivée de Cookie.

Maman le dévisage, surprise.

– Je ne crois pas, non, réplique-t-elle d'une voix sèche. Et je le regrette ! J'aurais bien aimé savoir où se trouvait mon fils ces derniers jours.

Paddy se tourne vers moi.

– Qu'est-ce que ça veut dire ?

– Rentrons à l'intérieur, intervient Charlotte. On dirait que Cookie a pas mal de choses à nous expliquer.

Nous nous asseyons autour de la table de la cuisine avec des tasses de chocolat chaud. Charlotte a vérifié que Cherry allait bien. Elle s'en tire avec quelques égratignures et la peur de sa vie. Honey lui a serré les poignets tellement fort qu'ils sont couverts de bleus – d'ailleurs, elle aussi s'est un peu abîmé les mains sur la roche. Cherry et elle ne se lâchent plus, comme si ce contact pouvait effacer des années de rancœur et de tension. Après tant de vaines tentatives, il aura fallu un accident pour les réconcilier.

– Allez, tout le monde sous la douche, et ensuite, au lit! ordonne Charlotte en poussant les filles vers la porte. Cookie et sa famille ont besoin d'intimité. Et vous, il faut que vous vous reposiez.

Elle étend une couverture sur Maisie, blottie dans un fauteuil à côté de la cuisinière. Le chien somnole à ses pieds. Quant à Isla, elle s'est déjà rendormie dans les bras de maman.

Pour ma part, je sens que je ne suis pas près d'aller me coucher. Je frissonne dans mes vêtements mouillés, malgré la serviette dont on m'a enveloppé et le chocolat chaud.

Maman nous explique qu'elle est tombée sur le nom de Kitnor en fouillant dans le téléphone de Maisie. Quand elle l'a questionnée, ma sœur s'est seulement rappelé que j'avais mentionné un festival du chocolat. La piste était mince mais valait la peine d'être creusée. Maman était résolue à me trouver, quoi qu'il en coûte. Une demi-heure plus tard, nos affaires étaient chargées dans le van et Sheddie prenait la route de Kitnor. Ils avaient prévu de s'arrêter en chemin pour dormir en attendant que le jour se lève, puis d'interroger des passants au sujet du festival. Finalement, ils n'en ont pas eu besoin car ils ont aperçu une affiche sur laquelle était indiquée l'adresse de Tanglewood.

Paddy vient s'asseoir à côté de moi.

– Dis-moi, Cookie, comment t'es-tu débrouillé pour que je n'appelle pas ta mère ? Elle et moi, nous méritons une explication.

Je me mords les lèvres.

– Je t'ai donné le numéro de quelqu'un d'autre, à qui j'ai demandé de répondre en se faisant passer pour maman. Je suis désolé ; c'était idiot de ma part.

La porte de la cuisine s'ouvre sur Honey et Cherry. Leurs visages sont graves. Charlotte tente de les renvoyer au lit, mais elles semblent bien décidées à rester.

– L'idée ne venait pas de Cookie, mais de moi, avoue Honey. J'ai pris son portable et modifié ma voix pour que Paddy ne la reconnaisse pas. Ça m'amusait de lui jouer ce tour. Je suis la seule responsable.

– C'est faux, elle n'y est pour rien ! je proteste.

– Quant à moi, je n'ai rien dit alors que j'étais au courant, ajoute Cherry.

– Vous me décevez énormément, tous les trois, déclare Paddy. Je vous croyais plus mûrs que ça.

– Moi aussi, renchérit maman. Il est temps de tout me raconter, Jake. Je sentais bien que quelque chose clochait ces derniers jours, mais je t'ai cru quand tu m'as dit avoir besoin d'air. Et puis Mr Zhao m'a montré ta lettre, et j'ai vraiment pris peur.

Isla ouvre les paupières et me jette un regard sévère. La honte et la culpabilité me tordent le ventre.

Sheddie reste silencieux au fond de la cuisine. Il a des yeux bruns très doux et sourit beaucoup, mais je ne suis pas dupe. Il ne m'inspire toujours pas confiance. Je ne vois pas pourquoi il serait différent des hommes que ma mère a connus avant lui.

– Ce que je ne comprends pas, c'est ce que tu es venu faire ici, reprend maman. Pourquoi le Somerset ? Est-ce que tu connais quelqu'un ici ? Un ancien camarade d'école ?

J'échange un regard furtif avec Charlotte et Paddy.

– C'est une longue histoire…

– Eh bien vas-y, je t'écoute.

– Maman, je te présente Charlotte Costello. Avant, elle s'appelait Tanberry. Ce nom ne te rappelle rien ?

– Charlotte Tanberry ? répète maman d'une voix tremblante. Non, je ne pense pas que nous nous soyons rencontrées.

– En effet, mais vous êtes liées. Il y a quinze ans, tu

as eu une aventure avec son premier mari. Le monde est petit, hein ? Ne me dis pas que tu as oublié.

Si je voulais faire de la peine à ma mère, c'était réussi. Elle s'effondre littéralement, cachant ses larmes derrière ses mains.

Je prends peur, car elle ne pleure jamais. Elle a toujours été forte et déterminée. Mes sœurs se réveillent et se mettent à sangloter, pendant que Sheddie se précipite vers maman et passe un bras autour de ses épaules. Charlotte lui tend un mouchoir, et Paddy me contemple tristement. Ce n'est pas la première fois que je déçois ma famille, mais ça fait toujours aussi mal.

— Ce que Cookie essaie de vous expliquer, c'est qu'il est venu ici pour nous rencontrer, intervient Honey. Nous, ses sœurs. On ne peut tout de même pas lui en vouloir ! J'ai découvert son existence quand je vivais chez papa en Australie. On a échangé quelques lettres, et j'ai fini par lui envoyer un billet de train.

— Je ne comptais pas l'utiliser. Mais ensuite, il y a eu l'accident de la salle de bains. Mr Zhao était très en colère par ma faute. Encore une fois, je n'avais pas réfléchi. Il t'a renvoyée et voulait nous jeter dehors. On allait être obligés d'aller vivre avec Sheddie, et…

— Une seconde ! me coupe maman. De quoi est-ce que tu parles ? Mr Zhao ne m'a pas renvoyée, j'ai démissionné ! Et il n'était pas question qu'il nous expulse de l'appartement. Où as-tu été chercher une idée pareille ?

— Je vous ai entendus discuter, le lendemain de l'inondation. Il était furieux. Il nous a donné une semaine pour partir.

— Non, Jake. Ce matin-là, je lui ai annoncé que j'allais cesser de travailler pour lui et déménager. Tu as dû mal comprendre. Il ne nous aurait jamais fait ça !

Je suis perdu. Ai-je tiré des conclusions un peu trop hâtives à partir de bribes de conversation ? Ce ne serait pas la première fois...

— Pourtant, il avait vraiment l'air fâché. Tu as dit toi-même qu'il ne pourrait pas payer les travaux ! Et nous non plus, on n'en avait pas les moyens.

— Pourquoi voudrais-tu qu'il paie ? C'était un accident ! L'expert de l'assurance est passé ; les frais seront intégralement pris en charge. Le restaurant sera encore plus beau qu'avant, tout comme l'appartement.

— L'assurance ? je répète.

Je n'y avais pas pensé. Maman m'explique que notre propriétaire réglait chaque mois une cotisation afin de prévenir ce genre de problèmes.

— Alors, pourquoi doit-on aller habiter à Millford sous une vieille yourte ?

— Jake, mon installation avec Sheddie n'a rien à voir avec ça ! Nous voulons vivre ensemble parce que nous nous aimons – tout simplement.

Je fais la grimace. La vie amoureuse de ma mère ne m'intéresse pas, mais je n'en reviens pas de m'être trompé à ce point. Je baisse la tête, penaud.

– Ta lettre m'a effrayée, tu sais, reprend maman. Tu disais à Mr Zhao que tu allais trouver de l'argent. Comment comptais-tu t'y prendre ?

– Je voulais demander à papa… j'espérais qu'il parlerait à Mr Zhao, l'empêcherait de nous mettre dehors et paierait les réparations.

– On l'a appelé sur Skype tout à l'heure, ajoute Cherry. Et ça ne s'est pas très bien passé. Cookie a fini par sortir en courant ; on l'a suivi jusqu'à la falaise, et c'est là que je suis tombée.

Maman prend sa tête dans ses mains.

– Tu as contacté Greg ? Oh non… je ne veux pas de son argent, Jake ! Je n'en ai jamais voulu !

Elle se tourne vers Charlotte, très gênée.

– Je n'étais qu'une gamine quand je l'ai rencontré. C'était ma première histoire sérieuse. Avec lui, je me sentais spéciale. Je ne savais pas qu'il était marié, je vous le jure ! Notre aventure n'a pas duré longtemps ; l'annonce de ma grossesse y a mis fin. J'ai perdu mon travail et tout le reste. Il m'a donné trois mille livres pour que je me taise et que je disparaisse. À l'époque, j'ai été assez naïve pour m'en réjouir, car je n'avais pas la moindre idée de ce que ça coûtait d'avoir un enfant. Quelques mois plus tard, il ne me restait rien.

Quand je pense que Greg l'a accusée de n'en vouloir qu'à son argent... j'en ai la nausée.

– Je ne me rendais pas compte de tout ça, maman. J'aurais dû te prévenir, mais j'avais peur que tu me retiennes. Il fallait que j'essaie, même si, au final, mon plan est tombé à l'eau. Je croyais que papa serait heureux d'avoir de mes nouvelles, qu'il voudrait m'aider, me sauver... mais je me trompais.

Honey prend doucement ma main dans la sienne. De l'autre côté, Cherry fait pareil. Soutenu par mes sœurs, je me sens plus fort.

– Je suis désolée, Cookie, murmure Charlotte. Greg a beaucoup de défauts. Il est égoïste, impulsif et incapable d'assumer les conséquences de ses actes. Quand je vois le malheur qu'il a causé autour de lui, je regrette parfois de l'avoir rencontré. Mais sans lui, je n'aurais pas mes adorables filles, et ta maman ne t'aurait pas, toi. Je pense qu'elle sera d'accord pour dire qu'au fond, ça en valait la peine.

– Tout à fait, acquiesce maman. Je ne changerais ça pour rien au monde.

Nous parlons jusqu'à l'aube. Maisie et Isla dorment sur les gros canapés du salon ; Honey et Cherry ont fini par monter se coucher, elles aussi. Je regagne la roulotte en songeant à la vision surréaliste sur laquelle j'ai refermé la porte : maman et Charlotte dans les bras l'une de l'autre, riant, pleurant et s'appelant par leurs prénoms. À côté, Paddy buvait un café avec Sheddie en discutant de chocolat équitable, de développement durable et de la possibilité d'organiser un atelier de tai-chi pendant le festival.

Finalement, j'ai l'impression que je vais pouvoir y participer !

22

Quand on n'a pas fermé l'œil de la nuit, parlé sur Skype au père qu'on n'avait jamais rencontré, vu ses espoirs se briser en mille morceaux et escaladé une falaise pour sauver une vie, on a de quoi être fatigué. Alors quand en plus on a vu débarquer sa famille à 3 heures du matin dans un van décoré d'arcs-en-ciel et conduit par un hippie au prénom ridicule, puis discuté pendant des heures de plafonds effondrés, de primes d'assurances et de pères incompétents –, là, on a vraiment mérité une grasse matinée !

Malheureusement, ce luxe ne me sera pas accordé.

Mon portable indique 5 h 50 lorsque je m'écroule enfin sur mon lit. À peine trois heures plus tard, je suis réveillé par le crissement des roues d'un camion dans l'allée. Peu après, un grand coup de Klaxon retentit dans le silence.

J'ouvre la porte et découvre une grande remorque garée devant la maison. Deux ouvriers s'affairent à décharger un tas de piquets en métal, une immense toile rouge et des kilomètres de corde.

C'est le chapiteau indien commandé par Paddy qui vient d'arriver avec fracas.

Je me précipite vers eux pour les convaincre de transporter le matériel dans le jardin. Paddy et Sheddie nous rejoignent bientôt. Ils ont les yeux rouges et n'arrêtent pas de bâiller. Maman, Charlotte et les filles sortent à leur tour, et nous donnons un coup de main aux ouvriers. L'un d'eux remet à Paddy une feuille d'instructions censée expliquer comment monter la tente. Il est encore en train de la retourner dans tous les sens d'un air perplexe quand le camion s'éloigne dans l'allée. Heureusement, Sheddie se propose de superviser les opérations ; d'après lui, le principe est à peu près le même que pour une yourte.

C'est fou ce qu'on est capable de faire en n'ayant dormi que trois heures ! Nous travaillons déjà depuis un bon moment quand Shay, Stevie et Tommy font leur apparition et nous apportent une aide bienvenue. Un peu plus tard, en voyant deux fourgons approcher dans l'allée, nous pensons qu'il s'agit de nouveaux renforts. Mais pas du tout : c'est la télévision.

— Je rêve ! s'écrie Summer. Ne me dites pas qu'ils comptent nous filmer en train de nous tuer à la tâche !

— J'en ai bien l'impression, je réponds. Ils veulent sans doute immortaliser les préparatifs du festival.

– Ne faites pas attention, nous conseille Nikki pendant que ses hommes s'agitent autour de nous comme des fourmis afin d'installer leur équipement et de réaliser les premières prises de son. Essayez de rester naturels !

Je ne vois pas comment c'est possible dans ces conditions. Toute la journée, les caméras nous suivent à la trace, et les micros s'avancent subrepticement au-dessus de nos têtes dès que nous discutons. Heureusement, le chapiteau commence à prendre forme. Concentré sur ma tâche, j'en oublie presque de bouder Sheddie – presque, mais pas tout à fait.

Il est doux, travailleur et très différent de ce que j'imaginais. Paddy semble beaucoup l'apprécier. À midi, quand maman, Charlotte, Maisie et Isla nous apportent un pique-nique bien mérité, je remarque que ma mère s'illumine chaque fois qu'il la regarde. Peut-être qu'elle a dit vrai et que notre déménagement n'a rien à voir avec l'effondrement du plancher de la salle de bains... Mes sœurs aussi sont à l'aise avec lui et lui font instinctivement confiance. J'aimerais que les choses soient aussi simples pour moi.

– Il est plutôt sympa, ce Sheddie, me glisse Cherry tandis que nous dévorons nos sandwichs à l'ombre du chapiteau en cours de construction.

– Ne te laisse pas avoir.

– Par quoi ? Par le fait qu'il ait roulé jusqu'ici en

pleine nuit pour venir te chercher ? Par la façon dont il supervise les travaux dans la joie et la bonne humeur ? Par sa gentillesse envers ta mère et tes sœurs ?

Je fronce les sourcils tout en vérifiant qu'aucune caméra ne traîne dans le coin.

– J'en ai marre. Je n'ai pas envie de déménager et de repartir à zéro encore une fois. Millford est un trou perdu au milieu de nulle part. Et ça ne me tente absolument pas d'habiter sous une yourte. Notre appartement me convenait parfaitement.

– Tu n'as pas toujours dit ça.

– OK, il n'était pas en super état. Mais on n'a pas besoin de lui, Cherry. Ça fait deux ans qu'on se débrouille seuls.

Je jette un regard en direction de maman, Sheddie et mes sœurs qui jouent avec Fred et essaient de séduire Joyeux Noël avec des morceaux de pomme et des caresses. On n'a peut-être pas besoin de Sheddie, mais il semble déjà très intégré.

C'est le moment que choisissent les caméras pour débarquer, attirées par cette tranche de vie typique de Tanglewood : un déjeuner impromptu avec une bande d'amis bohèmes venus donner un coup de main pour le festival. Si les gens savaient ce que cela cache, ils seraient surpris.

J'interroge Cherry :

– Tu n'as pas eu de mal avec Charlotte, au début ?

Tu n'aurais pas préféré que les choses restent comme avant, quand tu étais seule avec Paddy ?

— J'ai toujours voulu une famille, répond-elle. J'en ai rêvé tellement fort qu'il m'est arrivé de me demander si elle n'était pas apparue par la simple force de ma volonté. Mais rien n'est jamais parfait, Cookie. Je me serais bien passée de la guerre avec Honey, par exemple.

Celle-ci est assise un peu plus loin au milieu des caméras. Elle nous fait un petit signe de la main et se lève pour nous apporter des sandwichs. Par chance, les cadreurs ne la suivent pas. Je murmure à Cherry :

— Je crois que l'armistice est déclaré. Tu nous as fait tellement peur hier soir que ça a tout changé.

— Je l'espère. Tu vois : c'est la preuve que rien n'est jamais gravé dans le marbre. Revoir son opinion sur quelqu'un ne demande pas tant d'efforts que ça.

Elle a peut-être raison.

— Hé, Cookie ! lance Honey. Il est super cool, en fait, ton Sheddie !

— Ce n'est pas *mon* Sheddie.

— Oui, bon, façon de parler. En tout cas, je lui ai raconté que l'escalier devient super glissant quand il pleut, ce qui a provoqué l'accident de cette nuit. Il m'a promis d'installer une nouvelle rambarde dès demain et de redresser un peu les marches pour qu'elles soient moins dangereuses. Franchement,

Cherry, tu l'as échappé belle. Si tu ne t'étais pas accrochée, ça aurait pu très mal finir.

— C'est surtout grâce à toi que je m'en suis sortie. Et à Cookie. S'il n'avait pas escaladé la falaise pour me sauver… brrr. Je vous dois la vie. D'ailleurs, je ne sais plus si je vous ai remerciés…

— Si, si, environ un million de fois, la taquine Honey. Mais de rien. C'est normal.

Je jette un coup d'œil furtif à Sheddie. Il aura sûrement besoin d'aide pour cette nouvelle mission. Je pourrais peut-être me porter volontaire ?

— Combien de temps t'a-t-il fallu pour t'habituer à Paddy ? je demande à Honey, qui éclate de rire.

— Oh là là, je préfère ne pas te le dire ! N'oublie pas que je suis une tête de mule. Je déteste admettre que je me suis trompée. Cherry peut en témoigner. Mais aujourd'hui, c'est du passé, pas vrai ?

— Bien sûr, répond Cherry, rose de plaisir. Tout est pardonné !

— Sois indulgent avec Sheddie, reprend Honey. Ne fais pas la même erreur que moi. Qu'est-ce que tu as à perdre ?

Le fait est que j'ai déjà beaucoup perdu, mais aussi beaucoup gagné. Maintenant que j'ai retrouvé mes demi-sœurs, je n'ai pas l'intention de les lâcher. Entre nous, c'est pour la vie.

En fin d'après-midi, le montage du chapiteau indien

est enfin terminé. Il est magnifique avec ses toits pointus, ses ouvertures bordées de pompons et ses parois rouge foncé doublées d'un imprimé cachemire. Je plante un dernier piquet, et quand je relève les yeux, Sheddie se tient devant moi.

– Joli travail, mon grand, me félicite-t-il.

– Merci. Au fait, je voulais te dire… si tu as besoin d'un coup de main pour réparer l'escalier demain… je serais ravi de t'aider. Enfin, si tu en as envie.

Sheddie s'illumine.

– Avec plaisir ! On ne sera pas trop de deux.

Il me tend une main noueuse et bronzée, au poignet orné d'un tatouage celtique. Je la serre brièvement, et j'ai l'impression qu'un nouveau chapitre s'ouvre entre nous.

Malgré mes efforts pour détester Sheddie, je n'y arrive plus.

Le lendemain, nous dormons tous très tard. Je suis réveillé par Summer qui frappe à la porte de la roulotte, une liasse de lettres à la main.

– En revenant de promener Fred, je suis tombée sur le facteur, m'explique-t-elle. La plupart concernent la société, mais il y en a une pour moi – c'est bizarre, parce que je ne reçois jamais rien. On dirait un courrier officiel. Et celle-ci t'est adressée. J'espère que c'est une bonne nouvelle !

– Pareil pour toi.

*Cher Jake,
J'ai été très inquiet lorsque j'ai reçu ta lettre et l'argent qu'elle contenait. Cet accident t'a visiblement beaucoup perturbé. Je suis désolé de m'être énervé contre toi. Je perds vite mon sang-froid, mais je n'avais pas l'intention de t'effrayer. Je sais bien que tu n'étais pas responsable. Franchement, c'est plutôt à moi que j'en veux de ne pas avoir fait remplacer votre machine à laver et d'avoir poussé ta mère à travailler autant. Je ne m'étais jamais demandé qui gardait tes sœurs pendant ce temps-là. J'ai été égoïste, et je m'en excuse.
Cookie, à aucun moment je n'ai parlé de vous renvoyer ta mère et toi. Et encore moins de vous jeter à la rue ! En ce moment même, des ouvriers sont en train de réparer le plafond. Ils m'ont aussi proposé quelques travaux de rafraîchissement, alors tout est bien qui finit bien. L'assurance couvre les frais ; je n'aurai pas besoin de ton argent.
Si ta mère voulait rester, elle serait la bienvenue, mais elle a décidé de partir. Je le regrette, car c'est très difficile de trouver une employée et une locataire aussi agréable. Vous allez me manquer.
Juste avant de prendre la route, elle m'a dit qu'elle pensait savoir où tu étais et m'a donné cette adresse. J'espère qu'elle t'a retrouvé et j'en profite pour lui renvoyer sa caution. C'est la moindre des choses, car l'appartement est en bien*

meilleur état que lorsque vous y avez emménagé. Ce chèque de 500 livres vous sera sans doute utile pour votre nouvelle maison.
Si tu repasses par Chinatown, viens me dire bonjour. Je vous souhaite bonne chance à tous.
Ton ami,
Deshi Zhao

23

Lorsque nous nous retrouvons autour de la grande table de cuisine pour le petit déjeuner, je donne le chèque à maman. Il symbolise beaucoup de choses : l'amitié, le pardon, la justice, et notre avenir ensemble. Ce n'est pas rien. Nous sommes en train de trinquer à la santé de Mr Zhao avec du jus d'orange quand Summer fait son entrée, les yeux pleins de larmes.

— Qu'est-ce qui t'arrive, ma chérie ? lui demande Charlotte, inquiète.

Summer brandit une feuille de papier à en-tête.

— Ooooh... fait Skye en la lui prenant des mains.

Il s'avère que le professeur de danse de Summer l'a recommandée pour une bourse de formation à l'enseignement, dans la même école que celle où elle avait passé une audition. La directrice vient de lui annoncer qu'elle était retenue.

— Je ne savais même pas que ce cursus existait !

s'extasie Summer. Vous vous rendez compte ? Comme je n'aurai plus à me produire sur scène, la pression sera beaucoup moins forte. Sylvie Rochelle est convaincue que je suis faite pour enseigner. Elle dit qu'elle est impatiente de me voir à la rentrée !

Tout le monde se presse autour d'elle pour la féliciter. Paddy ouvre une bouteille de mousseux et en verse un peu dans nos jus d'orange, pendant que Maisie et Isla se pendent au cou de Summer en la suppliant de leur apprendre à danser. Elle accepte avec joie.

Maman et Sheddie nous observent en souriant, bien qu'ils ignorent ce que cette nouvelle représente pour Summer. En la voyant serrer sa jumelle dans ses bras trop minces, se doutent-ils des épreuves qu'elle a traversées et de la force intérieure dont elle a dû faire preuve ?

Plus tard, alors que nous réparons ensemble l'escalier de la falaise, Sheddie m'interroge à ce sujet.

– Qu'est-ce qui est arrivé à la fille aux yeux tristes – Summer, c'est ça ?

– Elle souffre de troubles alimentaires, je réponds en plantant un pieu destiné à soutenir la nouvelle rambarde. Je crois qu'elle va mieux, maintenant, mais il y a deux ans, elle est tombée très malade. Elle a dû abandonner son rêve de devenir danseuse. Heureusement, on dirait que tout n'est pas perdu pour elle. Elle avait l'air drôlement contente ce matin.

– En effet, acquiesce Sheddie. Faire ce qu'on aime est bien plus important qu'être riche ou célèbre. Il suffit de trouver la petite chose qui nous rend heureux. Pour ta mère, c'est le yoga et la réflexologie. D'ailleurs, elle compte s'y remettre une fois à Millford. Elle pourrait même ouvrir un cabinet, qui sait!

– Hum.

Je descends quelques marches et entreprends d'enfoncer un nouveau piquet dans le sol. Je n'ai pas envie de parler de Millford, car j'ai toujours des réticences concernant Sheddie. Pour ce qui est du déménagement, je n'ai plus le choix, mais je ne suis pas encore prêt à le laisser décider de nos vies sans broncher.

Tout à l'heure, nous avons tendu du grillage sur les marches, tellement serré que nous en avions les mains en sang. Cela devrait les rendre moins glissantes quand il pleuvra. Puis nous avons passé un bon moment dans la forêt au bord de la falaise, à couper des branches de noisetier sauvage. Sheddie les cloue maintenant sur les piquets que je viens de planter, afin de former une rambarde aussi belle que solide.

J'ai mal partout, mais je suis fier du résultat. Pendant que je rassemble les outils et transporte les chutes de bois jusqu'au bûcher dressé sur la plage en prévision de la fête, Sheddie ajoute la touche finale en suspendant de petits lampions à énergie solaire le long de la rampe de l'escalier. Comme ça, plus personne ne descendra à l'aveuglette dans le noir.

Nous remontons ensuite vers la maison en contournant le chapiteau sous lequel se tiendra le café. Les filles ont recouvert les tables de nappes à carreaux et disposé des bouquets de fleurs sauvages dans des pots de confiture. Tout autour, les arbres sont drapés de kilomètres de guirlandes lumineuses. Des banderoles entourent la scène et les différents stands sont déjà installés aux quatre coins du jardin. La journée de demain s'annonce chargée.

– Et toi, Cookie, qu'est-ce qui te rend heureux ? m'interroge Sheddie tandis que nous rangeons les outils dans la réserve.

Passer du temps avec mes sœurs, les grandes comme les petites. Me promener dans la nature, au bord de l'océan ou sous un ciel étoilé, bien que ce soit encore nouveau pour moi. Travailler dur pour fabriquer quelque chose de mes mains, la scène du festival ou la nouvelle rambarde, par exemple…

Je ne suis pas certain que ce soit le genre de réponses que Sheddie attend.

– Aucune idée, je mens. Je n'y ai jamais vraiment réfléchi. Et toi ?

Il me dévisage longuement avant de répondre :

– Tu veux la vérité ? C'est ta maman qui me rend heureux, Cookie. Tout simplement.

De retour à la caravane, je vérifie ma boîte mail. Pas de nouvelles de mon père. Je ne suis pas surpris, bien que ça m'attriste toujours autant. Nous avions tellement de choses à nous raconter... Mais puisqu'il a refusé de prendre la main que je lui tendais, tout est fini entre nous.

Pourtant, je ne peux pas m'empêcher de lui envoyer un dernier message.

Cher papa,
J'aimerais te dire que j'ai été content de te parler sur Skype, mais ce serait un mensonge. À force de me demander à quoi tu pouvais ressembler, je m'étais construit l'image d'un super-héros – alors quand j'ai découvert que tu étais plutôt du côté des méchants, ça m'a fait un choc.
Tu seras soulagé d'apprendre que je n'ai plus besoin de ton aide. Finalement, les choses se sont arrangées et nous n'aurons pas à financer les travaux. Tant mieux, vu que tu n'aurais jamais accepté de mettre la main à la poche. Garde ton argent. J'espère qu'il te tient chaud, la nuit.
J'ai mis des années à comprendre à quel point tu me manquais. Finalement, je suis bien mieux sans toi. Ma mère est une femme formidable. Dommage que tu ne t'en sois pas aperçu. J'ai aussi deux petites sœurs que

j'adore, sans compter les cinq que je viens de rencontrer et leurs amis. Mon séjour à Tanglewood m'a beaucoup appris. La plus grande leçon que je retiendrai, c'est que fuir ne suffit pas à régler les problèmes. Pour ça, rien ne vaut le travail en équipe.

Toi, tu as toujours choisi la fuite. Tu avais une vie de rêve ici, une belle maison, une femme géniale et quatre filles qui t'aimaient. Pourtant, ça ne t'a pas empêché de tout jeter à la poubelle, comme tu nous as jetés ma mère et moi. J'ai l'impression que tu es en quête d'un monde idéal où les gens conduisent tous des voitures de luxe et boivent du champagne au petit déjeuner.

J'espère pour toi que tu trouveras un jour ce que tu cherches, et que ça te rendra heureux. Il ne faudrait pas que tu te réveilles un beau matin, seul et triste, en prenant conscience que le plus important n'est pas ce qu'on possède mais les personnes qui nous entourent. La vraie richesse n'a rien à voir avec l'argent.

La vie est une aventure, et la mienne n'a pas toujours été facile – pourtant, même si j'avais le choix, je n'y changerais rien. Je te souhaite bonne chance, papa. Tu n'entendras plus parler de moi.

Jake Cooke

24

Le samedi matin, le soleil se lève dans un ciel dégagé. Tout le monde est debout avant 7 heures pour régler les derniers détails. Honey drape des tentures indiennes autour des stands et installe les panneaux qu'elle a fabriqués elle-même.

Je retire les bâches qui recouvrent la scène, dévoilant les planches bleues décorées d'étoiles et de croissants de lune, ainsi que l'arrière-plan en tissu et l'arche en bois. Il y a de quoi être fier.

– C'est toi qui as fait ça ? s'exclame Sheddie, admiratif. Bravo, Cookie. Tu es vraiment doué de tes mains !

– Merci !

– Magnifique, acquiesce Paddy. Ça va être le point central du festival. Merci beaucoup !

Je gonfle le torse. On ne m'avait jamais fait de tels compliments. Je comptais sur cette scène pour témoigner ma reconnaissance à mes hôtes, et je crois que c'est réussi.

Shay et Tommy ne tardent pas à arriver. Une fois les micros et les haut-parleurs installés, mon œuvre ressemble à un décor professionnel. Bientôt, des morceaux d'indie pop retentissent à intervalles réguliers jusqu'à la plage, pour le plus grand plaisir des badauds qui promènent leurs chiens au bord de l'eau.

Coco a rassemblé un zoo miniature autour du bassin. Les enfants pourront y caresser Joyeux Noël, les canards et Fougère, le renard à trois pattes de Stevie. Son copain et elle proposeront également des balades à poney dans le champ du voisin, afin de récolter des fonds pour un refuge local. Un peu plus loin, Sheddie organisera des ateliers d'initiation au tai-chi, et maman des séances de réflexologie.

Grâce à Skye, Maisie et Isla ont elles aussi leur déguisement de fées du chocolat. Avec leur corsage en velours brun, leur jupon en tulle marron et doré, leurs ailes assorties, leurs chaussons en satin et leurs rubans dans les cheveux, mes sœurs sont toutes plus belles les unes que les autres.

— À un moment donné, il a été question de déguiser les garçons, m'informe Tommy avec une grimace. Skye m'a parlé de jean marron et de chapeau à plumes. Je l'ai prévenue que moi vivant, ça n'arriverait pas !

— Ouf ! Merci, Tommy !

On lui a confié la tâche de diriger les voitures vers le champ qui servira de parking, car l'allée de gravier est réservée à la famille et aux véhicules de la télévision. Shay s'occupera de la sono et organisera un petit concours de chant pour les enfants entre les passages des différents musiciens. Skye a investi la roulotte, qu'elle a transformée en antre de diseuse de bonne aventure. Cherry, Charlotte et Paddy se consacreront au stand de La Boîte de Chocolats, le plus important du festival. Et Sandy, la mère de Stevie, restera en cuisine pour préparer les commandes du café, que les serveuses Honey, Summer, Millie et Tina apporteront ensuite sous le chapiteau. Afin d'éviter les ruptures de stock comme lors de la précédente édition, les filles et Charlotte ont passé la semaine derrière les fourneaux.

Les responsables des autres stands arrivent peu à peu. Il y aura des ateliers de dégustation à l'aveugle, de décoration de gâteaux, de fabrication d'ailes de fées et de maquillage, mais aussi un vide-grenier et un espace où les enfants pourront se déguiser et se prendre en photo avec des accessoires fournis par le musée de Kitnor.

Les gens de la télévision sont déjà là. Après quelques interviews, on demande à Charlotte et Paddy de faire un petit discours afin de présenter leur société. Paddy déclare que la scène serait un décor idéal pour cette séquence. Une fois tout le monde en place, il se lance :

— La Boîte de Chocolats, c'est d'abord l'histoire d'un

rêve devenu réalité. C'est la preuve qu'à force de conviction, on peut donner vie à un projet auquel personne ne croyait. C'est aussi le fruit d'un travail d'équipe avec nos amis et notre famille, afin d'obtenir le meilleur produit possible. Nos chocolats ne sont pas seulement originaux et délicieux ; ils sont fabriqués à la main à partir de matières premières issues du commerce équitable. Et surtout, ils sont faits avec beaucoup d'amour. Parce que, jusqu'ici, on n'a encore rien trouvé de mieux !

La caméra se tourne ensuite vers Charlotte, qui enchaîne :

— Paddy a parfaitement résumé notre esprit, mais il oublie de vous parler des longues heures passées à l'atelier et de l'important travail de planification nécessaire à la création d'un chocolat… comme notre petit dernier, que nous avons appelé « Cœur Cookie » ! Nous vous le présentons aujourd'hui en exclusivité dans le cadre du festival, en espérant convaincre nos distributeurs de le mettre sur le marché dans les semaines à venir. Je ne vous en dis pas plus, mais vous verrez que c'est un chocolat… qui a du cœur !

Nikki fait alors monter les filles, Sandy, Stevie, Shay, Tommy et toute ma famille sur scène. Nous nous serrons les uns contre les autres sous l'arche de bois.

— Le travail d'équipe, reprend Paddy. Voilà l'ingrédient secret qui met de la magie dans nos chocolats !

– Coupez! crie Nikki. Formidable! Comme vous n'allez pas tarder à être très occupés, j'ai préféré tourner cette scène au plus vite. Et ce décor était parfait! Maintenant, je vous laisse tranquilles.

– Et si personne ne venait? je demande à Honey.

– Il y a déjà des voitures qui font la queue à l'entrée du parking. Ne t'inquiète pas, les curieux ne manqueront pas! Au fait, comment ça s'est passé avec Sheddie hier?

– Plutôt bien. Et toi? Des nouvelles de Ash?

– Toujours pas. Je n'en attends plus vraiment. Je m'en remettrai, va. C'est la vie.

– Les enfants? appelle Paddy. Tout le monde en place! On ouvre dans cinq minutes. Merci à tous, et bonne chance!

Je me poste derrière la table installée près du portail où, en échange d'une participation d'une livre, je dois donner à chaque arrivant un petit prospectus contenant un plan de Tanglewood et la liste des activités proposées. On m'a confié un fond de caisse dans une boîte en fer-blanc, et un tampon «Festival du chocolat» pour prouver que les visiteurs ont payé. C'est une responsabilité importante que je n'ai pas l'intention de prendre à la légère.

Honey s'éloigne en me faisant un clin d'œil. Dès que je suis prêt, Paddy ouvre le portail et les premiers festivaliers s'avancent un à un. Au début, je n'ai pas trop de mal à tenir le rythme, mais très vite, une file d'attente se forme dans l'allée. Je m'emmêle les pinceaux avec ma monnaie, oublie de tamponner les poignets et fais tomber mes dépliants sur le sol. Plusieurs centaines de personnes défilent devant moi, si bien que je finis par perdre le compte. De l'autre côté de la route, le parking de Tommy est plein à craquer.

Shay annonce dans les haut-parleurs que le concours de jeunes talents va commencer. Pendant une heure, les reprises à moitié fausses et les airs de ukulélé s'enchaînent, entrecoupés par ses commentaires encourageants. Les caméras ne perdent pas une miette des animations. Pendant ce temps, les membres de l'équipe interviewent les curieux qui font la queue pour acheter des chocolats, se faire prédire leur avenir, suivre un cours de tai-chi ou participer à un atelier de réflexologie. Sous le chapiteau indien, c'est l'effervescence; les serveuses courent dans tous les sens, leurs plateaux chargés de milk-shakes, de *sundaes*, de cupcakes et de parts de fondant au chocolat. Des enfants maquillés en animaux, vêtus de costumes anciens ou arborant des ailes en papier crépon se promènent un peu partout. Tout le monde semble ravi.

Soudain, Cherry surgit à côté de moi.

– Tu t'en sors? me demande-t-elle. C'est la folie,

hein ! On est déjà en rupture de stock pour les Cœur Cookie. Les gens les ont adorés ! Du coup, on a ouvert un carnet de commandes.

– Moi non plus, je n'ai pas arrêté. Et même si ça commence à se calmer, il y a encore du monde qui arrive. Je n'en reviens pas !

Comme pour confirmer mes dires, un nouveau venu franchit justement le portail. C'est un garçon grand et mince aux cheveux noirs et à la peau sombre. Il porte un gros sac de randonnée qu'il pose sur le sol le temps de fouiller ses poches.

– Salut, lance-t-il avec un fort accent australien. Je cherche une fille qui s'appelle Honey Tanberry. Elle est ici ?

Cherry écarquille les yeux.

– Une minute… tu ne serais pas Ash, par hasard ? Oh là là ! Tu as bien choisi ton moment pour débarquer !

– En fait, c'est voulu. Les gens de la télé m'ont contacté il y a plusieurs semaines pour tout arranger. Je crois qu'ils comptent sur moi pour une « séquence émotion »…

– Alors c'était un coup monté ! je m'exclame. Honey est folle d'inquiétude. Comme tu ne lui donnais plus de nouvelles, elle a cru que tu l'avais oubliée !

– On m'avait interdit de lui écrire pour ne pas gâcher la surprise. Elle va m'en vouloir à mort, mais je n'avais pas le choix. Ils m'ont payé mes billets de train en échange de mon silence.

— À mon avis, elle te pardonnera dès qu'elle te verra ! Cherry, tu peux me remplacer une minute ? Viens, Ash, allons chercher Honey !

Les cadreurs nous repèrent alors que nous nous frayons un chemin dans la foule. L'un d'eux nous emboîte le pas.

— Tu peux t'arrêter et regarder en direction du chapiteau ? demande-t-il à Ash. Je voudrais faire un gros plan de ton visage, puis élargir sur une vue d'ensemble du café.

Ash éclate de rire et sourit à la caméra avant de se tourner vers la tente, les yeux pleins d'espoir.

Honey est en train de servir du thé et des gâteaux à deux vieilles dames. Quand elle relève la tête et l'aperçoit, elle s'arrête brusquement de parler ; la tasse qu'elle tenait à la main s'écrase à ses pieds.

— Ash ? murmure-t-elle. C'est bien toi ? Je ne rêve pas ?

Puis elle se précipite vers lui et se jette dans ses bras, manquant de le faire tomber à la renverse. Ils s'étreignent en riant et tourbillonnent sans fin devant l'objectif des caméras.

25

Cette scène de retrouvailles frôle la perfection. Je ne connais pas grand-chose aux techniques de réalisation, mis à part que d'ici quelques semaines, les images seront coupées et montées pour un résultat encore plus poignant. Ce sera de la téléréalité avec une âme, un joli documentaire qui réchauffera le cœur des téléspectateurs pendant les nuits d'automne.

Il faut dire que tous les ingrédients sont réunis : la famille recomposée, les tensions, l'amitié, les sœurs toutes plus cool et originales les unes que les autres avec leurs rêves, leurs espoirs et leurs histoires d'amour, sur fond de campagne anglaise et de plage – et cerise sur le gâteau, la chocolaterie. Je suis peut-être cynique, mais je parie que ça va faire un carton. Et les retombées devraient être très positives pour La Boîte de Chocolats.

En tout cas, c'est ce que pense Nikki, l'amie de

Charlotte et Paddy dont le fils est sorti avec Skye. Maintenant que le festival est terminé et que les caméras sont reparties, elle abandonne son bloc-notes et vient s'asseoir avec nous autour du feu de camp. Nous avons rangé le plus gros du matériel, débarrassé les tables et rempli le lave-vaisselle ; le moment est enfin venu de nous reposer.

Tandis que nous nous repassons inlassablement le film de la journée, Honey reste en retrait, rayonnante de bonheur.

– Ash est une des personnes les plus formidables que je connaisse, avoue-t-elle. En dehors de vous, bien sûr. Vous vous rendez compte qu'il a traversé toute l'Europe pour me faire une surprise ? Même si je ne lui ai pas encore pardonné de m'avoir laissée si longtemps sans nouvelles. Tu vas me le payer, Ash !

Il l'enlace en riant.

– Le nouveau chocolat a fait un tabac, déclare Nikki. Celui qui contient des prédictions écrites sur des petits cœurs. Comment s'appelle-t-il déjà ?

– Cœur Cookie, en l'honneur de ce jeune homme, répond Charlotte avec un clin d'œil. Alors, Jake, notre avenir s'annonce bien ?

– Hum, voyons voir... Suite au documentaire, La Boîte de Chocolats sera bientôt la marque préférée du pays. Vous aurez une influence positive sur l'ensemble de l'industrie en incitant vos concurrents à vendre des produits issus du commerce équitable. Gloire, fortune et bonheur vous attendent.

— Super, se réjouit Paddy. Et les filles, dans tout ça ?

— Oui, et nous ? dit Honey. Moi aussi, je veux devenir riche et célèbre.

— Célèbre, ça ne fait aucun doute, grâce à tes talents d'artiste. Je ne peux pas te promettre que tu gagneras beaucoup d'argent, mais ce n'est pas le plus important. Tu t'installeras à Paris avec Ash dans un appartement sous les toits, où tu mangeras des croissants pour le petit déjeuner. Tu peindras la journée et tu danseras la nuit. Ash préparera une thèse de je ne sais pas quoi – de philosophie, tiens. Quant à Summer, nous savons déjà qu'elle sera professeur de danse ; elle formera certaines des ballerines les plus douées de son époque et, un jour, elle reprendra la direction de cette super école dont j'ai oublié le nom.

— La Rochelle Academy, me souffle Summer. Oh, si seulement tu pouvais avoir raison !

— C'est ce qui va se passer, j'en suis sûr. Tommy s'occupera de la cuisine, de l'administration et de l'éducation de vos trois ou quatre enfants – toutes des filles, qui feront bien sûr de la danse.

Tommy glousse et m'envoie un petit coup de coude dans les côtes, mais je vois bien que ça lui fait plaisir. Derrière lui, Isla tournoie dans le vent qui fait voler ses ailes et les rubans de ses cheveux.

– Skye deviendra une créatrice de mode réputée qui concevra les costumes de plusieurs films à succès. Et elle continuera à s'habiller avec des tenues vintage, même quand elle sera vieille et ridée.

Je passe ensuite à Cherry.

– Toi, tu seras écrivain. Tu commenceras comme journaliste et, sur ton temps libre, tu écriras un livre pour enfants à propos d'une fillette nommée Sakura. Il se vendra tellement bien qu'il sera adapté à la télévision, puis au cinéma. Tu te retrouveras encore plus riche que Shay, qui sera pourtant une super star de la chanson.

– Et moi? demande Coco avec une petite moue. Est-ce que je vais sauver le monde? Fonder un refuge pour les animaux? Ou finir caissière dans un supermarché?

– Tu vas faire des études de vétérinaire. Tu seras major de ta promo, mais tu plaqueras tout en dernière année pour t'engager au sein de Greenpeace et partir en Arctique sur le *Rainbow Warrior III*. Là-bas, tu créeras un sanctuaire destiné aux ours blancs. Quelques années plus tard, tu épouseras ton amour de jeunesse, Stevie.

Coco devient toute rouge et Stevie prend un air horrifié. Les autres s'esclaffent et me pressent de leur donner des détails.

– Dis, Cookie, combien auront-ils d'enfants? Et combien de renards à trois pattes?

– Ils n'auront pas d'enfants. Coco finira par se lancer

dans la politique et deviendra Premier ministre. Ce sera la première écologiste à gouverner le Royaume-Uni. Elle sauvera le monde, ou du moins y contribuera à sa façon. Et moi, je pourrai dire que je la connais depuis toute petite !

— Youpi ! s'exclame Coco. J'adore ma prédiction, c'est la meilleure ! J'espère qu'elle se réalisera.

— Vous verrez bien...

— Tu vas me manquer, petit frère, murmure Honey en passant un bras autour de mes épaules. Je ne veux pas que tu partes. On vient seulement de te retrouver, et on te perd à nouveau.

— Vous n'allez pas me perdre. Jamais de la vie. On est tous des pièces du même puzzle, non ?

— Absolument ! confirme Cherry. D'ailleurs, que diriez-vous d'organiser un grand rassemblement chaque année, ici, à Tanglewood ? On ferait une fête sur la plage en jouant de la guitare autour du feu, jusqu'à ce qu'on soit très, très vieux.

— Moi, je vote pour ! je m'écrie.

Lorsque le soleil se couche, Paddy se lève et allume les lanternes plantées dans le sable. Puis il sort son violon pour se joindre à Shay. Au bout d'un moment, Coco le remplace. Elle joue atrocement faux, mais je ne peux m'empêcher de sourire.

Il est près de 23 heures quand maman et Sheddie montent coucher mes petites sœurs.

— Ne veille pas trop tard, Jake, me prévient maman. On partira de bonne heure demain matin ; la route est longue jusqu'à Millford.

Cette phrase me ramène brusquement sur terre.

La fête touche à sa fin. Tout le monde est épuisé mais heureux. Paddy, Charlotte, Sandy et Nikki rentrent à la maison, tandis que les filles et leurs amis se dirigent vers le chapiteau sous lequel ils ont prévu de passer la nuit.

Je m'attarde encore un peu sur la plage afin de profiter de cet instant de solitude.

Le feu n'est plus qu'un amas de braises qui s'éteignent peu à peu, mais je reste là près d'une heure, tandis que la nuit s'épaissit et que les étoiles s'allument une à une autour d'un croissant de lune parfait.

Maman frappe à la porte de la roulotte à 6 heures. Dix minutes plus tard, douché et habillé, j'avale une part de pizza froide dans la cuisine de Tanglewood. Le van est prêt à partir, et maman installe mes sœurs à l'arrière.

On s'est mis d'accord pour éviter les adieux déchirants. Nous nous sommes déjà dit au revoir hier sur la plage. Mais Paddy et Charlotte sortent pour nous serrer une dernière fois dans leurs bras et nous faire promettre de garder le contact.

— Tenez, je vous ai mis quelques chocolats de côté,

annonce Paddy en me tendant une petite boîte en carton fermée par un ruban. Il y en a un chacun. Il paraît que cette nouvelle création va devenir un produit-phare ; si c'est le cas, je te devrai une fière chandelle, Cookie !

Maman et Sheddie montent à l'avant du van tandis que je prends place à côté de mes sœurs. Puis Sheddie démarre et nous nous éloignons dans l'allée.

– *Cookie* ! hurle soudain quelqu'un derrière nous.

Je me retourne et vois Honey et Cherry traverser le jardin en courant, talonnées par les jumelles et Coco. Lorsque nous passons la grille, cinq filles au chocolat à moitié endormies nous font signe de la main.

– Bonne chance à Millford ! crie Cherry. Ne nous oublie pas !

– Écris-moi ! ajoute Honey. Et reviens vite !

Nous franchissons le sommet de la colline et Tanglewood n'est bientôt plus qu'un lointain souvenir. Pendant quelque temps, je distingue encore la mer gris-bleu à l'horizon, puis elle aussi disparaît comme si elle n'avait jamais été là.

– C'est quoi, ces chocolats ? me demande maman.

– La dernière création de Paddy. Après avoir inventé un parfum pour chacune des filles, il a décidé d'appeler celui-là Cœur Cookie en mon honneur. Ils contiennent des prédictions. Hier, ça s'est vendu comme des petits pains.

– C'est une jolie idée. On peut goûter ?

Je fais passer la boîte.

– Miam ! déclare Maisie. Oh, mais c'est quoi, ça ?

Elle sort de son chocolat un cœur sur lequel est écrit : « Il faut croire en ses rêves. »

Celui de Isla dit : « Vive la famille » ; celui de maman, « Sautez le pas » ; et celui de Sheddie, « Un nouveau départ ». Ces prédictions sonnent étonnamment juste.

– À toi, maintenant, m'encourage Maisie alors que j'enfonce délicatement mes dents dans la ganache fondante, jusqu'à tomber sur le cœur caché à l'intérieur.

– « Votre vie va bientôt devenir intéressante. »

J'éclate de rire, car cette fois, j'en suis convaincu.

les filles au chocolat

Cherry Costello

❀

*Timide, sage, toujours à l'écart
Elle a parfois du mal à distinguer le rêve
de la réalité
15 ans*

Née à : Glasgow
Mère : Kiko
Père : Paddy

Allure : petite, mince, la peau café au lait, les cheveux raides et noirs avec une frange, elle a souvent deux petits chignons

Style : jeans moulants de toutes les couleurs, tee-shirts à motifs japonais

Aime : rêver, les histoires, les fleurs de cerisier, le soda, les roulottes

Trésors : kimono, ombrelle, éventail japonais, une photo de sa mère

Rêve : faire partie d'une famille

Coco Tanberry

❖

Chipie, sympa et pleine d'énergie
Elle adore l'aventure et la nature
12 ans – bientôt 13 !

Née à : Kitnor
Mère : Charlotte
Père : Greg

Allure : cheveux blonds et bouclés, coupés au carré et toujours en broussaille, yeux bleus, taches de rousseur, grand sourire

Style : garçon manqué, jeans, tee-shirts, elle est toujours débraillée et mal coiffée

Aime : les animaux, grimper aux arbres, se baigner dans la mer

Trésors : Fred le chien et les canards

Rêve : avoir un lama, un âne et un perroquet

Skye Tanberry

Avenante, excentrique, indépendante
et pleine d'imagination
14 ans
Sœur jumelle de Summer

Née à : Kitnor
Mère : Charlotte
Père : Greg

Allure : cheveux blonds jusqu'aux épaules, yeux bleus, grand sourire

Style : chapeaux et robes chinés dans des friperies

Aime : l'histoire, l'astrologie, rêver et dessiner

Trésors : sa collection de robes vintage et un fossile trouvé sur la plage

Rêve : voyager dans le temps pour voir à quoi ressemblait vraiment le passé...

Summer Tanberry

❋

Calme, sûre d'elle, jolie et populaire
Elle prend la danse très au sérieux
14 ans
Soeur jumelle de Skye

Née à : Kitnor
Mère : Charlotte
Père : Greg

Allure : longs cheveux blonds tressés
ou relevés en chignon de danseuse,
yeux bleus, gracieuse

Style : tout ce qui est rose...
Tenues de danseuse et vêtements à la mode,
elle est toujours très soignée

Aime : la danse, surtout la danse classique

Trésors : ses pointes et ses tutus

Rêve : devenir danseuse étoile,
puis monter sa propre école

Honey Tanberry

Lunatique, égoïste, souvent triste...
Elle adore les drames, mais elle sait aussi
se montrer intelligente, charmante,
organisée et très douce
15 ans – bientôt 16 !

Née à : Londres
Mère : Charlotte
Père : Greg

Allure : cheveux blonds ondulés, yeux bleus, peau laiteuse, grande et mince

Style : branché, robes imprimées, sandales, shorts et tee-shirts

Aime : dessiner, peindre, la mode, la musique...

Trésors : son carnet à dessin et sa chambre en haut de la tour

Rêve : devenir peintre, actrice ou créatrice de mode

Les recettes au chocolat

Fortune Cookies

Il te faut (pour 12 pièces) :
1 blanc d'œuf • 50 g de sucre en poudre • 50 g de beurre fondu refroidi • 40 g de farine • une pincée d'extrait de vanille • une pincée d'extrait d'amandes • 1 cl d'eau

1. Prépare tes messages sur de fines bandes de papier. Mets le four à préchauffer à 190 °C et recouvre deux plaques de papier sulfurisé.

2. Dans un bol, mixe le blanc d'œuf et le sucre. Ajoute, en mixant à chaque fois, le beurre fondu, la vanille et l'amande, l'eau et la farine.

3. Sur les plaques, forme 12 disques de pâte d'environ 7 cm de diamètre en les espaçant bien.

4. Enfourne pendant 5 à 7 minutes. Il faut que les bords des disques soient légèrement dorés.

5. Sors les disques du four, dépose tes messages dessus, puis replie les disques en deux en collant les bords de la pâte avec tes doigts. Rapproche les extrémités de façon à donner au biscuit la forme d'un fer à cheval. Attention, les biscuits doivent être très chauds pour prendre leur forme. Manipule-les (sans te brûler !) dès la sortie du four.

Panna Cotta Coco

Il te faut (pour 4 personnes) :
50 cl de lait de coco • un peu de lait entier (ou demi-écrémé) • 1 pot de mascarpone • 3 g d'agar-agar (1 sachet + ½ sachet) • du coulis de fruits rouges • 2 cuillères à soupe d'eau • 1 moule à cake

1. Verse le lait de coco dans une casserole.
2. Mets le mascarpone dans un verre doseur, et ajoute du lait jusqu'à obtenir la même quantité de mélange que de lait de coco. Verse dans la casserole.
3. Dans un petit bol, mélange l'agar-agar avec deux cuillères à soupe d'eau.
4. Mets la casserole à chauffer en remuant. Lorsque le mélange frémit, verse l'agar-agar et continue de mélanger pendant 3 minutes.
5. Retire la casserole du feu et verse le mélange dans un moule à cake. Attends qu'il refroidisse pour le mettre au frigo.
6. Attends au moins toute une nuit pour servir, avec un coulis de fruits rouges.

Charlotte choco-pêches

Il te faut (pour 6 personnes) :
30 biscuits à la cuillère • 150 g de chocolat noir • 450 g de pêches en conserve • 100 g de fromage blanc • 1 cuillère à soupe de crème fraîche • 1 cuillère à soupe de sucre • 1 sachet de sucre vanillé • 1 verre d'eau tiède • 1 moule à charlotte ou un grand saladier

1. Mélange l'eau et le sucre.
2. Trempe légèrement les biscuits dans l'eau sucrée, puis mets-les dans le moule jusqu'à ce qu'il en soit tapissé.
3. Fais fondre le chocolat avec la crème fraîche dans une casserole.
4. Fouette le fromage blanc avec le sucre vanillé. Coupe les pêches en morceaux. Mélange les morceaux de pêches avec le fromage blanc et le chocolat. Verse l'ensemble dans le moule.
5. Recouvre d'une couche de biscuits trempés dans l'eau sucrée. Pose une assiette sur le moule, place quelque chose de lourd dessus et laisse au moins 4 heures au frais.

Le petit plus : pour décorer la charlotte, tu peux mettre de la chantilly, quelques fruits et même du chocolat fondu.

Easy Cookies

Il te faut (pour 15 pièces) :
125 g de farine • 100 g de sucre roux • 125 g de beurre • 1 œuf battu • 2 cuillères à café de miel • 1 sachet de sucre vanillé • 1 pincée de sel • ½ sachet de levure • des pépites de chocolat

1. Mets ton four à préchauffer à 180 °C.
2. Dans un grand saladier, mélange la farine, le sucre roux, le sucre vanillé, le sel et la levure.
3. Fais fondre le beurre dans une casserole, ajoute l'œuf battu et le miel, puis incorpore l'ensemble à la préparation.
4. Ajoute les pépites de chocolat et mélange bien.
5. Sur une plaque recouverte de papier sulfurisé, forme des cookies d'environ 10 cm de diamètre en les espaçant bien les uns des autres.
6. Mets les cookies au four pendant 9 à 11 minutes (selon que tu préfères les cookies moelleux ou croustillants).

Le petit plus : tu peux varier tes cookies en mettant, au choix, des pépites aux trois chocolats, des paillettes de sucre, des noisettes...

Granité fruité

Il te faut :
500 g de fraises (fraîches ou décongelées) • 350 ml d'eau • 150 g de sucre

1. Mets le sucre et l'eau dans une casserole et laisse cuire à feux doux. Quand le sucre est bien fondu, arrête la cuisson et laisse refroidir.
2. Lave, équeute et mets les fraises dans un mixeur. Ajoute le sirop, et mixe jusqu'à ce que tu obtiennes un mélange homogène.
3. Verse la préparation dans une assiette creuse et laisse-la au moins 3 heures au congélateur, en grattant de temps en temps avec une fourchette (de l'extérieur vers l'intérieur).

Le petit plus: tu peux varier les fruits et les saveurs: orange-menthe, framboise, miel-melon...

Quelle fille au chocolat es-tu ?

✿ Ton amie est déprimée, pour la réconforter, tu...

1. l'écoutes avec attention et lui donnes tes conseils
2. l'entraînes dans une fête géniale
3. l'emmènes se balader
4. lui écris une lettre pleine de compliments
5. lui proposes d'aller faire les boutiques

✿ Le comble du chic, pour toi, c'est:

1. une robe longue rehaussée de perles
2. une jolie paire d'escarpins
3. un jean brut bien coupé
4. une veste en soie colorée
5. une jupe en mousseline de soie

✿ En sport, tu opterais pour:

1. le roller derby: intensité et entraide
2. le surf: mer et énergie
3. l'escalade: agilité et aventure
4. le kendo: stratégie et observation
5. le tai-chi: souplesse et précision

✿ Dans une fête, on peut te trouver:

1. à la porte d'entrée, pour accueillir les arrivants
2. à la sono, pour laisser la musique parler à ta place
3. dehors, pour respirer l'air frais
4. au buffet, pour discuter avec des gens intéressants
5. sur la piste de danse, pour y briller

❖ **Si tu pouvais te téléporter quelque part, ce serait :**
1. dans le grenier d'un peintre
2. au Louvre, la nuit
3. au sommet du Kilimandjaro
4. sur un nuage
5. sur un trapèze

❖ **Tu arrives au cinéma après le début du film. Tu...**
1. t'assieds par mégarde sur des genoux inconnus
2. n'hésites pas à faire lever quelques personnes pour être au milieu de la salle
3. allumes ta lampe de poche pour trouver une place
4. attends la séance suivante
5. entres discrètement et te glisses sur le premier fauteuil venu

❖ **À choisir, tu te verrais bien dans la peau :**
1. d'une tortue
2. d'un aigle
3. d'un cheval
4. d'un koala
5. d'une antilope

❖ ❖ ❖ ❖ ❖ ❖ ❖   ❖ ❖ ❖ ❖ ❖ ❖

Tu as obtenu un maximum de 1 : Skye
Passionnée et très créative, tu adores la mode et l'histoire. Tu as tendance à te perdre dans tes rêves, mais grâce à ta nature curieuse et généreuse, tu parviens souvent à les rendre réels !

Tu as obtenu un maximum de 2 : Honey
Artiste dans l'âme, tu as une sensibilité à fleur de peau et un caractère volcanique. Il faut de la patience pour gagner ta confiance, mais, une fois accordée, ton amitié est profonde et sincère.

Tu as obtenu un maximum de 3 : Coco
Pour toi, chaque jour est une aventure. Proche de la nature, tu possèdes une conscience aiguë des problèmes environnementaux, que tu combats par ton mode de vie et par tes engagements. Tu es joyeuse, courageuse et déterminée : une fille sur qui compter !

Tu as obtenu un maximum de 4 : Cherry
Tu es à la fois discrète et cool, rêveuse et attentive aux autres. Pour toi, rien ne vaut les moments passés en famille et avec tes amis, qui sont des sujets d'inspiration inépuisable.

Tu as obtenu un maximum de 5 : Summer
Très élégante et raffinée, tu aimes les challenges et le travail qui les accompagne. Mais tu n'oublies pas de profiter de tes amis – grâce à ton charme et à ta sensibilité, tu en as beaucoup !

Dans la même série

Tome 1 : **Cœur cerise**
Tome 2 : **Cœur guimauve**
Tome 3 : **Cœur mandarine**
Tome 3 1/2 : **Cœur salé**
Tome 4 : **Cœur coco**
Tome 5 : **Cœur vanille**
Tome 5 1/2 : **Cœur sucré**

Découvre un extrait de *Miss pain d'épices,* un nouveau roman de Cathy Cassidy !

À paraître en octobre 2015

1

Cannelle Brownie... on dirait une couleur de peinture ou de teinture pour les cheveux. Ou encore un gâteau bizarre un peu écœurant. Quel genre de parents appellerait leur fille ainsi ? Réponse : les miens.

Ils n'avaient pourtant pas l'intention de me gâcher la vie. Ils ont simplement trouvé original de choisir les prénoms de leurs enfants en s'inspirant des jolis bocaux en verre de leur placard à épices. Si mon père n'avait pas été un si grand amateur de cuisine, rien de tout cela ne serait arrivé.

Ma grande sœur s'appelle Mélissa, d'après la plante aromatique qu'on retrouve souvent dans les tisanes. J'ai eu moins de chance qu'elle. Si encore je n'avais pas eu les cheveux roux foncé, ça aurait pu passer.

Mais avec une combinaison pareille, j'étais condamnée à devenir la cible de toutes les plaisanteries.

Je l'ai compris dès mon premier jour à l'école primaire, quand la maîtresse a réprimé un sourire en faisant l'appel. Les garçons m'ont tiré les tresses en riant, et les filles m'ont demandé si mes parents étaient pâtissiers. Très drôle.

Ce soir-là, en rentrant à la maison, j'ai annoncé à mes parents que je voulais changer mon prénom en Emma ou Sophie. Ils se sont gentiment moqués de moi. D'après eux, c'était une bonne chose de ne pas ressembler à tout le monde, et Cannelle était un très joli prénom.

Ça ne m'aidait pas beaucoup.

— Ne les laisse pas t'atteindre, m'a conseillé ma sœur. Ris avec eux ou ignore-les.

Facile à dire. Mélissa allait déjà au collège et c'était une fille sûre d'elle, populaire et entourée d'amis. Elle avait beau avoir les mêmes cheveux que moi, personne ne la taquinait jamais à ce sujet.

J'ai fini par m'apercevoir que le plus simple était de me faire la plus discrète possible.

— C'est une élève très réservée, a confié Mlle Kaseem à mes parents au début de mon année de CM2. Elle est adorable, mais elle ne se mêle pas beaucoup aux autres. Rien à voir avec Mélissa.

Heureusement, elle ne leur a pas tout raconté – que personne ne me choisissait lorsqu'il fallait composer une équipe en sport ou préparer un exposé, que mes camarades ne m'invitaient jamais à leurs soirées pyjamas, leurs fêtes ou leurs sorties au cinéma. J'étais le mouton noir de la classe. Assise toute seule à la cantine, je rêvais de devenir invisible tout en mangeant une seconde part de tarte pour m'occuper et combler le vide que la solitude creusait dans ma poitrine.

– Non mais regardez-la, a lancé Chelsie Martin à ses copines un jour. Elle est énooorme ! Je l'ai vue engloutir deux paquets de chips à la récré, et elle vient de reprendre des frites ! C'est écœurant.

J'ai continué à sourire comme si je n'avais rien entendu. Et dès que Chelsie a tourné les talons, je n'ai fait qu'une bouchée de la barre de chocolat prévue pour mon goûter.

À l'époque, je pensais que ma vie ressemblerait toujours à ça.

Mes parents commençaient à s'inquiéter. Ils me poussaient sans cesse à inviter des amis, ou à m'inscrire à des cours de danse comme ma sœur.

– Ce serait sympa, insistait maman. Tu pourrais rencontrer du monde, et ça te ferait du bien de bouger un peu.

C'est là que j'ai compris qu'eux aussi me trouvaient grosse et nulle. Je n'étais pas la fille dont ils rêvaient, une fille capable d'assumer un prénom aussi original que Cannelle.

À l'approche de mon onzième anniversaire, ils m'ont

proposé d'organiser une fête. J'ai refusé en prétextant que ce n'était plus de mon âge.

– Il n'y a pas d'âge pour s'amuser! a rétorqué mon père.

J'ai vu passer une drôle de lueur dans ses yeux, sans savoir si c'était de l'inquiétude ou de la déception.

– Sinon, a-t-il repris, pourquoi pas une séance de cinéma ou un après-midi à la patinoire?

J'ai fini par céder tout en sachant que c'était une très mauvaise idée.

– Mais si personne ne vient? ai-je demandé à ma sœur d'une petite voix.

Mélissa a éclaté de rire.

– Bien sûr que si, ils viendront!

Je me suis donc décidée pour la patinoire. Maman a préparé un gâteau au chocolat à trois étages couronné de onze petites bougies. Malgré mes craintes, j'étais surexcitée. Mélissa m'avait prêté du fard à paupières rose pailleté, et j'avais enfilé une tunique à fleurs toute neuve par-dessus un jean. Je me trouvais presque jolie.

Le rendez-vous était fixé à 14 heures. Emily Croft et Meg Walters, deux filles un peu intellos qui me laissaient parfois traîner avec elles à la récré, sont arrivées pile à l'heure.

– Il y aura qui d'autre? m'ont-elles demandé.

– Oh, plein de monde, ai-je répondu malgré le doute

qui commençait à m'envahir. Chelsie, Jenna, Carly, Faye...

Sur les conseils de Mélissa, j'avais convié l'ensemble des filles de la classe : la patinoire était assez grande pour accueillir tout le monde, et même si nous n'étions pas proches, ce serait l'occasion de faire mieux connaissance. Au fond de moi, j'avais toujours rêvé d'une grande fête de ce genre. Et je ne voulais pas décevoir ma sœur. La plupart des filles m'avaient d'ailleurs répondu qu'elles viendraient.

Mais pourquoi n'étaient-elles toujours pas là ? À 14 h 30, papa a regardé sa montre pour la centième fois.

– Mélissa, emmène Cannelle et ses amies à l'intérieur. Ta mère et moi allons attendre encore un peu. Les autres ont peut-être mal compris l'heure du rendez-vous.

Emily a sorti l'invitation de sa poche.

– Pourtant, c'est bien marqué 14 heures.

Je lui en ai voulu de ne pas jouer le jeu, de ne pas mettre ce retard sur le compte d'une erreur ou des embouteillages – n'importe quoi pour soulager mon angoisse.

Mélissa nous a entraînées dans le bâtiment. J'avais l'impression qu'au moindre choc, je risquais d'exploser comme une statue de verre. Mes yeux me piquaient. Nous avons retiré nos chaussures, enfilé d'affreuses bottines munies de lames, puis nous sommes descendues sur la glace. Il faisait très froid, et j'avais du mal à tenir sur mes jambes.

Au début, je suis restée agrippée à la rambarde, jusqu'à ce que Mélissa prenne les choses en main et m'oblige à faire quelques pas. Finalement, c'était plutôt amusant. Bientôt, Emily, Meg, ma sœur et moi avons commencé à tourner autour de la patinoire en poussant des cris terrifiés chaque fois que quelqu'un nous dépassait.

Mes parents ont fini par arriver, et Mélissa nous a abandonnées quelques instants pour aller leur parler. C'est alors que j'ai aperçu Chelsie, Jenna, Carly et Faye.

Les quatre filles les plus populaires de la classe étaient venues à mon anniversaire ! Elles avaient dû se tromper d'heure, comme l'avait supposé mon père. Je me suis élancée vers elles, un immense sourire aux lèvres.

– Salut, Cannelle, a dit Chelsie.

Sa voix était dure, comme toujours lorsqu'elle s'adressait à moi – ce qui de toute façon ne se produisait pas souvent.

– On se doutait qu'on te croiserait ici, a-t-elle repris. Désolée, on n'a pas pu venir à ta fête... on avait mieux à faire.

Ses copines et elle ont éclaté de rire tandis que

j'essayais de comprendre. Pas pu venir ? Mieux à faire ? Pourtant, elles étaient bien là... Puis tout est devenu clair.

Ce n'était pas mon père qui avait payé leur entrée. Elles étaient là depuis le début, attendant mon arrivée pour se moquer de moi. Je suis devenue toute rouge.

— Regardez ! s'est exclamée Faye. Elle sera bientôt de la même couleur que ses cheveux !

J'ai souhaité très fort que la patinoire s'ouvre en deux et m'engloutisse à jamais. Bien sûr, ce n'est pas ce qui s'est passé. Je sentais vaguement la présence d'Emily et Meg dans mon dos, et je savais que maman, papa et Mélissa nous observaient. J'ai voulu me retourner pour échapper au regard cruel de Chelsie et au sourire de Faye, mais j'ai perdu le contrôle de mes patins. Je me suis étalée sur la glace sous leurs éclats de rire.

Emily est venue s'accroupir à côté de moi.

— Ignore-les, m'a-t-elle gentiment conseillé. Viens, Cannelle. Ne les laisse pas gagner.

Le temps que je me relève, Chelsie était déjà en train de s'éloigner. Elle m'a jeté un coup d'œil par-dessus son épaule, et je l'ai entendue dire à ses copines :

— Non mais regardez-moi cette grosse nulle !

Quand je repense à cette journée, je sens encore la honte qui m'a envahie tandis que le froid engourdissait mes mains et s'infiltrait dans mon cœur.

Emily et Meg m'ont accompagnée jusqu'à la rambarde, où j'ai raconté à ma sœur et à mes parents que je m'étais fait mal. Nous avons quitté la glace, rendu nos patins et gagné la cafétéria située à l'étage. Maman a apporté le gâteau au chocolat pendant que tout le monde me chantait « Joyeux Anniversaire ».

Mais je ne pouvais pas m'empêcher de regarder vers la patinoire en contrebas, où Chelsie, Jenna, Carly et Faye tourbillonnaient en agitant leurs cheveux et en draguant les garçons. Même si je les détestais, une part de moi rêvait de leur ressembler.

J'ai soufflé mes bougies et fait un vœu.

2

Les vœux ne se réalisent pas toujours, mais celui-là a fonctionné : aujourd'hui, je suis en cinquième et les choses ont bien changé.

Si on le souhaite vraiment fort, il est possible de se réinventer. La petite fille triste et effrayée que j'étais ce jour-là appartient désormais au passé.

J'ai rencontré Shannon le jour de ma rentrée en sixième, au collège de Kinnerton. Comme me l'avait conseillé Mélissa, je marchais la tête haute et les épaules en arrière, en espérant avoir l'air cool. Nous étions allées acheter mon uniforme ensemble. Ma sœur avait troqué la jupe plissée et les chaussures réglementaires pour une minijupe et une paire de baskets noires à lacets. J'avais fière allure, mais intérieurement, je tremblais comme une feuille.

— C'est la première impression qui compte, m'avait-elle assuré. Il faut que tu paraisses sûre de toi. Tu vas y arriver.

Je n'étais pas convaincue. Mon cœur battait si fort que le monde entier devait l'entendre, et j'avais le ventre noué. Une fois en classe, je me suis assise tout au fond et j'ai entrepris de me colorier les ongles au marqueur pour masquer ma peur. Malgré tous mes efforts et ma bonne volonté, j'étais encore seule.

Ma sœur m'avait promis qu'au collège, ma vie allait changer. Mais si elle se trompait?

Shannon est arrivée en retard – une habitude chez elle, comme je le découvrirais bientôt. Elle avait de longs cheveux blonds qui tombaient en cascade sur ses épaules, et le teint bronzé d'une fille qui a grandi au soleil.

Elle a dévisagé les élèves les uns après les autres, puis est venue s'installer à côté de moi avec un grand sourire.

— J'adore tes cheveux, m'a-t-elle complimentée.

Ce matin-là, j'avais passé une heure à me coiffer à l'aide du lisseur de Mélissa. J'ai décidé que dorénavant, je le ferais tous les jours.

— Ça te dit qu'on soit copines? m'a-t-elle proposé en se remettant du gloss pendant que le prof avait le dos tourné.

— D'accord.

À partir de là, tout a changé pour moi. J'étais amie avec une fille sympa et insouciante, comme je l'avais toujours souhaité. Je n'ai plus jamais regardé en arrière.

Une année s'est écoulée. Aujourd'hui, nous entrons en cinquième et c'est un peu la folie. Les petits nouveaux errent dans la cour avec leurs vestes trop grandes et leurs chaussures bien cirées, serrant leurs sacs contre eux.

– Pfff, les sixièmes… soupire Shannon. Ils ont l'air tellement niais… On ressemblait à ça, nous aussi ?

– Ça m'étonnerait !

Il y a un an de cela, Shannon arrivait au collège en terrain conquis. Elle m'a choisie parce qu'elle a supposé, à tort, que j'étais aussi cool qu'elle, et je me suis appliquée à jouer ce rôle jusqu'à finir par y croire.

Shannon n'imagine pas une seconde combien j'étais terrifiée ce jour-là. J'ai beaucoup changé depuis, et Chelsie n'est plus qu'un lointain souvenir. Elle est partie en internat à l'autre bout du pays. Si elle était encore là, je parie qu'elle ne me reconnaîtrait pas. Jenna, Carly et Faye sont dans le même collège que moi, mais pas dans la même classe. Lorsque je croise leurs regards à la cantine ou à la récré, j'ai l'impression d'y lire une forme de respect.

Pour ma part, je les ignore superbement.

– L'année dernière, c'était chouette, mais la cinquième va être carrément *géniale*, décrète Shannon.

La sonnerie retentit, et un troupeau de petits sixièmes se précipite vers l'entrée principale du bâtiment. Shannon fait la grimace et m'entraîne du côté de l'annexe, où se trouve une autre porte.

– On va enfin être de vraies ados... j'ai trop hâte ! ajoute-t-elle. On sera sophistiquées et sages... Les garçons vont tomber comme des mouches.

Elle a l'habitude : ils sont déjà tous à ses pieds. Ils la mangent des yeux et passent leur temps à la draguer. Shannon se contente généralement de leur sourire sans répondre. Elle prétend attendre le bon – un garçon plus cool, plus mûr.

Vu la population masculine du collège de Kinnerton, elle risque d'attendre un moment.

Nous contournons l'abri à vélos pour emprunter l'entrée secondaire, et découvrons soudain un garçon étendu en travers des marches. Il a de longues jambes, porte un petit chapeau et est en train d'écrire sur son jean noir avec ce qui ressemble à du correcteur blanc.

Shannon me serre le bras.

– Hé... souffle-t-elle, tout excitée. Pas mal !

Je passe en revue le chapeau, le jean, la posture négligée et les Converse aux lacets défaits de l'intrus. Une chose est sûre, ce n'est pas un sixième.

Shannon se dirige droit vers lui. Encore un qui se retrouve à ses pieds – littéralement cette fois. Il lève les yeux vers elle sous son chapeau, révélant un sourire espiègle et une touffe de cheveux bouclés.

— Je ne t'ai jamais vu par ici, commence Shannon d'une voix charmeuse. Je m'en souviendrais…

Il la dévisage en silence, comme s'il essayait de décrypter l'énoncé d'un problème de maths. Puis son regard glisse jusqu'à moi. Rougissant, je baisse la tête dans l'espoir de me cacher derrière mes cheveux.

— Alors, insiste Shannon. Tu es nouveau ? Comment tu t'appelles ?

Il se tourne à nouveau vers elle.

— Je rentre en cinquième, et je m'appelle Sam Taylor.

— Moi, c'est Shannon, répond mon amie en entortillant une mèche de cheveux dorés sur son doigt. Tu ferais bien de rentrer, Sam. Ça vient de sonner. Si tu veux, je peux te faire visiter. Je suis en cinquième moi aussi.

À nouveau, les yeux de Sam se posent sur moi.

— Et toi ? demande-t-il. Comment tu t'appelles ?

— Elle, c'est ma copine Cannelle, fait Shannon.

Sam sourit.

— Joli prénom. J'adore les épices !

— Bon, on y va ? lance Shannon. Tu n'as sûrement pas envie de t'attirer des problèmes dès ton premier jour.

Mais Sam se soucie visiblement aussi peu de Shannon que des problèmes.

— Ça va, merci. Je vais me débrouiller.

Shannon semble contrariée. Il faut dire que c'est nouveau pour elle : en général, les garçons lui obéissent au doigt et à l'œil.

– Qu'est-ce que tu fabriques avec ton jean ? reprend-elle. Mlle Bennett ne va pas apprécier.

– Je n'ai pas d'uniforme, explique Sam en haussant les épaules. Je me suis dit que j'allais customiser un peu ma tenue pour qu'elle soit plus adaptée.

Je déchiffre l'inscription rédigée au correcteur : « Les années collège sont les plus belles de la vie. »

Shannon lève les yeux au ciel.

– N'importe quoi ! commente-t-elle. Enfin bref, pousse-toi, je voudrais passer.

Sam se lève d'un bond sans cesser de me sourire. Shannon me prend par le bras et grimpe les marches d'un air hautain.

– À plus, miss Pain d'Épices ! lance Sam en soulevant son chapeau.

L'auteur

Cathy Cassidy a écrit son premier livre à l'âge de huit ou neuf ans, pour son petit frère, et elle ne s'est pas arrêtée depuis.
Elle a souvent entendu dire que le mieux, c'est d'écrire sur ce qu'on aime. Comme il n'y a pas grand-chose qu'elle aime plus que le chocolat… ce sujet lui a longtemps trotté dans la tête. Puis, quand une amie lui a parlé de sa mère qui avait travaillé dans une fabrique de chocolat, l'idée de la série « Les Filles au chocolat » est née !
Cathy vit en Écosse avec sa famille. Elle a exercé beaucoup de métiers, mais celui d'écrivain est de loin son préféré, car c'est le seul qui lui donne une bonne excuse pour rêver !

les filles au chocolat

Cœur Guimauve

Une série BD très sucrée !

Découvre vite mon histoire en BD !

Cœur Guimauve
D'après le roman de Cathy Cassidy
Raymond Sébastien • Anna Merli

En librairie le 26 août

Retrouve Les filles au chocolat et leurs copines sur le club Miss Jungle. Des cadeaux, des surprises et des nouveautés BD tous les mois !

www.miss-jungle.fr

ENVIE DE DÉCOUVRIR
DES EXTRAITS D'AUTRES ROMANS ?
ENVIE DE PARTAGER
VOS AVIS SUR VOS LECTURES PRÉFÉRÉES ?
ENVIE DE GAGNER DES ROMANS EN EXCLUSIVITÉ ?
REJOIGNEZ-NOUS SUR
www.lireenlive.com
ET SUIVEZ EN DIRECT L'ACTUALITÉ
DES ROMANS NATHAN

N° d'éditeur : 10209815
Imprimé en juin 2015 par CPI Brodard et Taupin
(72200 La Flèche, Sarthe, France)
N° d'impression : 3011491